傲慢社長の
甘い求愛
JN287341
「やっ、あ、あ、あああ……っ！」
鈴口を弄られて、今にも弾けそうだった
欲望に限界が訪れた。
びくびくと身悶えながら、下着の中で射精する。
水色のビキニが白濁で汚されるさまに、
ゴードンの灰色の瞳が驚いたように見開かれた。

傲慢社長の甘い求愛

神香うらら

19386

角川ルビー文庫

目次

口絵・本文イラスト／明神翼

傲慢社長の甘い求愛

1

――アメリカ合衆国、ニューヨーク州にあるウォルナッツ・ヒル。

マンハッタンから車で約二時間、森と湖に囲まれた静かで美しい町は、都心で働く人々のベッドタウンでもあり、週末にニューヨーカーが訪《おとず》れるリゾートタウンでもある。

町の中心部には初代町長の銅像がそびえ立つ大きな広場があり、それをぐるりと取り囲むように洒落《しゃれ》たレストランやブティックが軒《のき》を連ねている。夏には野外音楽堂で音楽や演劇の祭典が行われ、クリスマスシーズンにはまるで絵画のように美しい町並みを見に大勢の観光客で賑《にぎ》わう。さらに数年前、ニューヨークの著名なギャラリーが移転してきたことで、この界隈《かいわい》は文化の発信地として知られるようになってきた。

しかしこの町の名物は、なんといってもアンティークショップ〈エイプリル・ローズ〉だろう。

広場に面した通りの中ほど、大きなショウウィンドウの中には、年代物の家具や食器が所狭《ところせま》しと並べられている。アンティーク愛好家はもちろんのこと、そうでない人でもついつい覗《のぞ》いてみたくなるような、どこかわくわくするような佇《たたず》まいだ。

もとは銀行だったという建物は天井《てんじょう》が高く、奥行きが広い。店の中央にある螺旋《らせん》階段の先には吹《ふ》き抜《ぬ》けの中二階があり、宝飾品《ほうしょくひん》や銀器といった高価な品が並べられている。

この店以外にも町外れに大きな倉庫と修理用の工房《こうぼう》を構えており、アンティークよりも少し新しめのビンテージも数多く取り扱《あつか》っている。とりわけミッドセンチュリーの家具の品揃《しなぞろ》えには定評があり、全米各地のインテリアデザイナーが足繁《あししげ》く通ってくるほどだ。

ここは何度訪れても、一日中いても飽《あ》きることがない。見るたびに新鮮《しんせん》な驚《おどろ》きがあり、思いがけない発見があり……。

店内に足を踏《ふ》み入れて、笹川薫《ささがわかおる》は大きく深呼吸をした。

時を経た木の匂《にお》い、椅子《いす》に張られた古びた布地の匂い……アンティークショップ独特のかぐわしい香《かお》りを、肺いっぱいに吸い込む。

――〈エイプリル・ローズ〉に就職して一年。

社長のアシスタントとして、薫は忙《いそが》しくも充実《じゅうじつ》した日々を過ごしている。

(大好きなアンティークに囲まれて仕事ができるなんて、ほんと最高……)

店内を見まわしていると、自然と唇《くちびる》に笑《え》みが浮《う》かぶ。

ほっそりと華奢《きゃしゃ》な体つき、少年の面影《おもかげ》を残す繊細《せんさい》な顔立ちのせいでいまだに高校生に間違《まちが》われることもあるが、薫は二十四歳のれっきとした大人だ。

「あら、お帰りなさい」

陳列《ちんれつ》用のガラスケースを覗き込んでいると、店の奥から出てきたアビーに声をかけられた。

「ただいま」

振《ふ》り返って、アビーに頷《うなず》き返す。

アビーは〈エイプリル・ローズ〉の従業員だ。先代社長の代から働いているベテランで、ふたりの子供を持つ母親でもある。ここでは主に販売《はんばい》業務を担当しており、こと陶磁器《とうじき》や銀器、調理器具に関しての造詣《ぞうけい》が深く、町が観光用に初代町長の生家を再現した際にはキッチンとダイニングルームの監修《かんしゅう》を頼《たの》まれたほどだ。

「ニューヨークはどうでした？」

抱《かか》えていた琺瑯《ほうろう》のキャニスターを棚《たな》に並べながら、アビーがにこやかに尋《たず》ねる。

「商談はうまくいったんだけど、どこに行っても人が多くて疲《つか》れたよ……。これ、こないだ仕入れてきたやつ？」

言いながら、薫はテーブルの上にある陶製の小物入れを指さした。

「ええ、メンテナンスが終わって、今朝お店に出したの」

「あんなに埃《ほこり》っぽかったのに、見違《みちが》えるように綺麗《きれい》になったね」

感心しながら、手に取ってそっと蓋《ふた》を開いてみる。

貝殻《かいがら》の形の小物入れは、田舎町《いなかまち》のオークションで一箱いくらで売りに出されていた半端《はんぱ》物の中にあったものだ。同行した社長は「さほど価値があるようには見えない」と乗り気ではなかったが、薫が「手入れすれば綺麗になるから」と説得して落札してもらった。

「——確かに汚れが落ちて小綺麗にはなったが、やはりがらくたはがらくただな」

ふいに背後から降ってきた低い声に、薫はむっとして振り返った。

思いがけず間近で灰色の瞳《ひとみ》と視線が合い、無意識に一歩あとずさる。

薫をじっと見下ろしているのは、ゴードン・ゼルニック――〈エイプリル・ローズ〉の辣腕《らつわん》社長にして、目下薫の天敵でもある男だ。

仕立てのいいダークグレーのスーツを隙《すき》なく着こなし、少し癖《くせ》のある黒髪《くろかみ》をすっきりと整えたさまは、アンティークショップの社長というよりもマンハッタンのエリートビジネスマンを思わせる。しかしエリートビジネスマンに必要な愛想《あいそ》や親しみやすさは欠片《かけら》もなく、男っぽく精悍《せいかん》な顔立ちには険しい表情を浮かべていた。

「社長……お疲れさまです」

アビーの笑みが、薫に向けられるそれよりも幾分《いくぶん》ぎこちないものに変わる。柔和《にゅうわ》だった先代社長と違って、この二代目若社長は従業員からも怖《おそ》れられているのだ。

「ええ、がらくたです。でもここを訪れるお客さんは、皆《みな》が皆アンティークのコレクターというわけではないんです。観光のついでに立ち寄った人が、記念に気軽に買うことができるような商品もあったほうがいいと思うんです。ちょっとした古いものを身近に置くことでアンティークに興味を持ってもらえるようになるかもしれないし、そういう人が将来コレクターに……」

「わかったわかった、ストップ」

頬《ほお》を紅潮させて反論する薫を、ゴードンが右手を挙げて制止する。

アビーが下を向いてこっそり笑いを噛《か》み殺しているのが目の端《はし》に映り、薫ははっと我に返って口をつぐんだ。

ついむきになって、言い返してしまった。

アンティークに対する考え方の違いから、薫はたびたびゴードンと口論になってしまう。口論というか、今みたいに一方的にまくし立てて呆《あき》れられてしまうことのほうが多いのだが……。

「初心者向きの商品の必要性はわかったが、本当に売れてるのか？」

くるりと向き直ったゴードンに質問され、慌《あわ》ててアビーが表情を引き締《し》める。

「ええ、薫の言うとおり、ふらっと立ち寄った観光客が気に入って買って行かれることが多いです。白鳥のソープディッシュは店に出したその日に売れましたし、ここに置いてあったショットグラスをひとつ買って行かれたお客さまは、気に入ったから揃《そろ》えたいと翌週また来られて全部お買い上げくださいました」

「……そうか。俺にはさっぱりわからんが、こういうがらくたを好む客もいるんだな」

「社長、お言葉ですが、がらくたという言い方はやめてください。アンティークの価値は買う人が決めるものです。世間的にはがらくたでも、その人にとってはかけがえのないものである場合も……」

「わかったわかった」

ゴードンが、薫の力説にうんざりしたように顔をしかめて踵《きびす》を返す。

その後ろ姿を見送りながら、アビーが小声で囁《ささや》いた。

「社長を言い負かせるのはあなただけね」

「適当にあしらわれてるだけだよ」

苦笑《くしょう》して、肩《かた》をすくめてみせる。

「それでも、自分の意見をはっきり言えるのはすごいわ。今の社長に代わってからは、みんな社長の顔色を窺《うかが》うようになっちゃったもの」

三年前、〈エイプリル・ローズ〉創業者である先代社長が急逝《きゅうせい》し、長男のゴードンが社長に就任した。それまではニューヨークの証券会社で働くやり手のアナリストだったそうで、就任当初は自分のやり方を押し通そうとしてずいぶんと従業員たちと衝突《しょうとつ》したらしい。

アビーいわく、その頃《ころ》よりはだいぶ丸くなったとのことだが、どちらかというと従業員が諦《あきら》めてゴードンのやり方に従うようになったのではないかと薫は思っている。

「言っても無駄《むだ》だって、みんなちゃんとわかってるしね……。僕の場合は社長を説き伏《ふ》せるためじゃなくて、言いたいこと言ってすっきりしたいだけだから」

この性格のおかげで、学生時代はずいぶんと反感を買ってしまった。

自分でも、他人とのコミュニケーションが不得手なことは重々承知している。大学のときは寮《りょう》のルームメイトを何度も怒《おこ》らせてしまったし、日本の学校では「あいつは空気が読めない」と陰口《かげぐち》を叩《たた》かれた。

その点、ゴードンは口論になっても適当なところでさっと切り上げてくれる。最初の頃はずいぶん冷たい態度だと思ったものだが、どちらかというとしつこいタイプの自分にはそのほうがいいのかもしれない。

テーブルの上の商品をしげしげ眺《なが》めていると、レジの奥にあるオフィスのドアがばたんと音を立てて開いた。

「薫！」

「はい！　今行きます！」

ゴードンに苛立《いらだ》たしげに名前を呼ばれ、慌てて薫はオフィスに向かった。


——数時間後。

溜《た》まっていたメールの返事を書き、ネット通販《つうはん》の梱包《こんぽう》をしていると、社長室のドアが開いてゴードンが顔を覗《のぞ》かせた。

「ちょっと修理工房に行ってくる」

「はい、お戻《もど》りは？」

「五時には戻る。それと、きみが担当しているクラフト作家、納品はどうなってるんだ？」

「ああ、えっと、先週の金曜日までにということでしたが……まだ届いてませんね」

デスクのそばの作業台に目をやって、眉根《まゆね》を寄せる。

〈エイプリル・ローズ〉では、半年ほど前から地元のクラフト作家の作品を置くようになった。

将来を見据《みす》えて、ゴードンは今あるアンティークを扱うだけでなく、百年後に価値の出る工芸品を世に送り出したいと考えているらしい。それには薫も大賛成で、ゴードンとともに木工作家や陶芸家、染織家《せんしょくか》などを訪ねて契約《けいやく》をかわした。

「じゃあ催促《さいそく》しろ。いいか、やんわり言ってもだめだ。はっきり厳しく、納品日を守るように言うんだぞ」

「了解《りょうかい》です」

頷《うなず》いて、大股《おおまた》でオフィスをあとにするゴードンを見送る。

（はっきり厳しく、か……）

件《くだん》のクラフト作家を思い浮《う》かべ、ため息をつく。作品に惚《ほ》れ込んだ薫がスカウトしたのだが、気難しい芸術家タイプで、何かと気を遣《つか》う相手だ。

いつも一緒《いっしょ》にいるゴードンにはあれこれ言い返すことができるのだが、さほど親しくない相手にはそうもいかない。考えた末に、電話で催促するのはやめてメールを送ることにする。

納品予定日を知らせてくれるように念を押して、薫は卓上《たくじょう》カレンダーに目をやった。

八月もあと数日で終わる。夏の終わりを告げるレイバーデー——九月の第一月曜日を過ぎれば、ウォルナッツ・ヒルは一気に秋の気配に包まれるだろう。

（……もうすぐ一年か……）

窓の外へ目を向けて、〈エイプリル・ローズ〉に就職した日のことを思い出す。

そして、面接で初めてゴードンに会った日のことも……。

——父親のアメリカ赴任《ふにん》中に生まれた薫は、十三歳までワシントン州シアトルの郊外《こうがい》で過ごしてきた。

その後帰国し、日本の中学校に編入したものの、なかなか言葉や文化の違いに馴染《なじ》めずに苦労した。

日本には、アメリカにはない良さがたくさんある。けれど十三歳までアメリカで育ってしまうと、なかなか頭を切り換《か》えることができなかった。

高校は帰国子女が多く通う私立校に進んだのでそれなりに楽しく過ごすことができたが、大学はアメリカにしようと早くから決めていた。

言葉も英語のほうがすんなり出てくるし、アメリカの国籍《こくせき》も持っている。ペンシルベニア州の大学在学中にアメリカで生きていこうと決めて、薫は企業《きぎょう》の面接をいくつも受けた。

就職してからだいぶましになってきたが、実は薫はかなりの上がり症《しょう》だ。

もともと愛想笑いや社交辞令が苦手で、初対面の相手と話が弾《はず》んだ例《ため》しがない。俯《うつむ》きがちにおどおどしゃべるような学生がアメリカの企業で歓迎《かんげい》されるはずもなく、就職活動は惨敗《ざんぱい》。二十社以上から不採用通知を突《つ》きつけられて、薫はひどく落ち込んだ。

自分が周囲から協調性のない変わり者だと思われていることは自覚している。しかし大学の成績は優秀《ゆうしゅう》だし、真面目《まじめ》で勤勉な性格を評価してくれる会社もあるだろうと楽観視していた。

就職先が決まらないまま卒業を迎《むか》え、薫はひどく焦《あせ》った。両親からはいったん日本に帰国してはどうかと勧《すす》められ、アメリカには自分の居場所はないのかと悲観的になっていたある日、研究室の准教授《じゅんきょうじゅ》から声をかけられた。

『きみ、まだ就職決まってないって言ってたよね？　僕の大学時代の友人が、日本語と経理のできる人材を探しているんだが……』

准教授からアンティークを扱《あつか》う会社だと聞いて、薫はふたつ返事で面接に向かった。

アンティークは大好きだ。しかも日本語と大学で学んだ会計学の知識を生かせる仕事だなんて、願ってもない条件だった。

初めて訪《おとず》れたウォルナッツ・ヒルの町並みの美しさも、薫の心を瞬《またた》く間に魅了《みりょう》した。

こんな素敵《すてき》な町で、アンティークに囲まれて働くことができたらどんなにいいだろう。

広場に面して佇《たたず》む〈エイプリル・ローズ〉のどっしりとした店構えを目にしたとき、絶対にここに就職したいと強く思った。

そのためには、これまでの失敗をくり返してはならない。きちんと社長の目を見て、落ち着いて自分の意志をはっきりと伝えなくては――。

『ゼルニックだ』

そう言って大きな手を差し出したゴードンを、薫は今もよく覚えている。

気難しそうな男――それが薫のゴードンに対する第一印象だ。

百七十センチの薫より優に頭ひとつ分は背が高く、仕立てのいいスーツに包まれた体は、がっちりと逞《たくま》しい筋肉に覆《おお》われていることが窺える。

男っぽく精悍な顔立ちに愛想《あいそ》笑《わら》いを浮かべることもなく、ゴードンは険しい表情でじっとこちらを観察していた。

『……カオル・ササガワです』

おずおずと、差し出された右手に軽く触《ふ》れる。

灰色の瞳はひどく冷たい印象で、自分でも気づかないうちに何か彼の機嫌《きげん》を損《そこ》ねるようなことをやらかしたのだろうかと心配になってしまった。

薫の態度に苛立ったのか、ゴードンはやや乱暴に薫の手を握《にぎ》り締《し》めると、上下に強く振《ふ》ってから唐突《とうとつ》に手を離《はな》した。

『掛《か》けたまえ』

素っ気なく言って、彼はくるりと背を向けた。

多くの企業の面接を受けてきたが、これほど愛想のない面接官は初めてで……薫は戸惑《とまど》いながら大きなデスクの前の革張《かわば》りの椅子《いす》に浅く掛けた。

『きみのような成績優秀な学生が、なぜこの時期にまだ就職が決まっていないんだ？』

いきなり痛いところを突かれて、薫はうっと言葉を詰《つ》まらせた。

しかしここで動揺《どうよう》しておどおどしたら、今までの失敗のくり返しになってしまう。気持ちを落ち着かせるように大きく息を吸ってから、正面からゴードンの顔を見つめる。

『……それは僕が極度の上がり症で、面接でうまく話せなかったせいだと思います』

少し迷った末に、薫は正直な気持ちを打ち明けた。『面接官には自分の良さがわからなかったんでしょう』などと強気なところを見せるべきかとも思ったが、そんなことを口にしたら余計に上がってしまいそうだ。

『上がり症の他《ほか》に、何か問題は？』

『ええと……夢中になると周りが見えなくなってしまうので、協調性はやや欠如《けつじょ》しているかと思います』

本当はネガティブなことは言わないほうがいいのだろうが、取り繕《つくろ》ってもゴードンには何もかも見透《みす》かされそうな気がする。

だめならだめで仕方がない。そう開き直ると、少し呼吸が楽になった。

『……なるほど。幸い俺は部下に協調性は求めていない。やたらと上司の顔色を窺《うかが》うよりも、自分の仕事に没頭《ぼっとう》し、きっちり成果を挙げてくれる人材を求めている』

ゴードンの言葉に、薫は面食《めんく》らって目を瞬かせた。面接でこんなことを言われたのは初めてだった。

彼は自分を採用してくれる気があるのかもしれない。だったらここで攻《せ》めなくてはと、薫は居住まいを正した。

『でしたら、ぜひ僕を雇《やと》ってください。日本語の読み書きは完璧《かんぺき》ですし、在学中にインターンシップで経理の業務経験もあります。それと学内のボランティア団体で経理を担当し、帳簿《ちょうぼ》の矛盾《むじゅん》から幹部の不正を暴《あば》いたこともあります』

薫の勢いに、ゴードンが軽く眉をそびやかした。

その反応に、不正を暴いた件は適切な話題ではなかったかもしれないと冷や汗《あせ》が噴《ふ》き出してくる。

『結構ちゃんとしゃべれてるじゃないか』

そう言われて、薫は自分が今までの面接のように緊張《きんちょう》していないことに気づいた。

いや、緊張はしているのだが、これまでと違《ちが》ってポジティブな高揚感《こうようかん》に包まれていた。

『業務内容だが、ミッドセンチュリーを扱うようになってから日本から取引の依頼《いらい》が殺到《さっとう》している。英語が不得手な顧客《こきゃく》が多いので、対応を頼《たの》みたい。アンティークは好きか』

『はい、大好きです』

身を乗り出して、大きく頷く。自分でも驚《おどろ》いたことに、自然と笑顔《えがお》になっていた。

『そうか。俺は興味ない』

聞き間違いかと思って、薫は笑顔のままゴードンの顔を見つめた。

ゴードンの灰色の瞳《ひとみ》も、薫の心を探《さぐ》るように見つめている。

『だが、世の中にはああいうがらくたに大金を出す連中が大勢いる。おかげで〈エイプリル・ローズ〉は大繁盛《だいはんじょう》だ。きみは自分の好みに左右されずに商品として扱い、ビジネスに徹《てっ》することができるか？』

『…………』

がらくた呼ばわりに言葉を失って、薫は表情を凍《こお》りつかせた。

面接まで時間があったので、薫は店員に断って〈エイプリル・ローズ〉の店内を見せてもらった。きちんと手入れされ、美しくディスプレイされたアンティークの品々は、皆《みな》生き生きと輝《かがや》いて見えた。

社長はアンティークへの愛が溢《あふ》れている人に違いない。

そう思って親近感を覚えていたのに、あの美しい品々をがらくただと言い切ってしまうような人物だとは……。

『……はい。そうするように心がけます』

感情を抑《おさ》えて、薫はなんとか声を絞《しぼ》り出した。

確かに、アンティークショップの経営はビジネスだ。好みに左右されていたら、ただの道楽になってしまう。

『面接は以上だ。何か質問は？』

いえ、ありません。今日はどうもありがとうございました。

そう言ってにこやかに辞去するのがいちばんいいとわかっている。

けれど薫は、心に浮《う》かんだもやもやを晴らさずにはいられなかった。

『はい。社長はアンティークがお好きではないようですが、好きでもないものを扱っていて楽しいですか？』

薫の質問に、それまで無表情だったゴードンが面食らったように目を瞬かせた。

――しまった。せっかくいい感じで面接が進んでいたのに、最後の最後で怒《おこ》らせてしまった。

どうして自分はこう、TPOをわきまえた言動ができないのだろう……。

『……これは意外な質問だ。楽しいかどうかなんて考えたことがなかった。だが、つまらないとは思っていない』

内心はどう思っているかわからないが、ゴードンは再び無表情になり、淡々《たんたん》とそう答えた。

むしろ薫のほうが気が動転し、早口で『そうですか。どうもありがとうございました』と言いながら立ち上がろうとして、派手によろけてしまったほどだ。

ひどく落ち込んだ気分で、薫はウォルナッツ・ヒルをあとにした。

薫の前後にも、志望者が面接を受けに来ていた。生意気な口を利《き》いてしまった自分は、まず間違いなく落とされるだろう。

ところが翌日、ゴードンから採用の電話がかかってきた。

『しばらく俺のもとでアシスタントとして修業《しゅぎょう》して、いずれ日本に作るつもりでいる支社の責任者になってもらいたい。そのつもりで頑張《がんば》ってくれ』

驚きと感激のあまり言葉が出なくて、ゴードンに訝《いぶか》しげに『おい、聞こえてるか？』と言われてしまった。

「——！」

突然《とつぜん》鳴り出した電話の呼び出し音に、現実に引き戻《もど》される。

「はいっ、〈エイプリル・ローズ〉です」

『ああ、俺だ。ちょっと店に行って、先月仕入れたキャビネットの寸法を測ってきて欲しいんだが』

受話器から聞こえてきたのは、聞き慣れたゴードンの低い声だった。

先ほどまで思い出していた採用の電話の声と重なって、なんだか不思議な気分になってくる。

『おい、聞こえてるか？』

あのときと同じセリフに、薫は慌《あわ》てて居住まいを正した。

「ええと……マホガニーのですか？　それともパイン材の？」

『マホガニーのほうだ。例のニューヨークのインテリアデザイナーが、キャビネットを追加したいと連絡《れんらく》してきた。念のために予約の札も貼《は》っておいてくれ』

「了解《りょうかい》です」

受話器を置いて、薫は店内へと急いだ。

2

――十月下旬《げじゅん》の水曜日。ニューヨーク州北部のアディロンダック山地は、朝からどんよりとした曇《くも》り空に覆《おお》われていた。

(帰りは寒くなりそうだな……)

車の窓から森を眺《なが》めながら、薫はぶるっと肩《かた》を震《ふる》わせた。アビーのアドバイスどおり、厚手のジャケットを持ってきて正解だ。

今日はゴードンとともにアディロンダックにある小さな村を訪《おとず》れることになっている。古い家を解体するので家具や食器を買い取って欲しいという依頼があったのだ。

アンティークの仕入れは、オークションだけでなくこういった個人からの依頼も多い。ゴードンによればほとんどが価値のないがらくただが、ときどき驚くような掘《ほ》り出し物が見つかることもあるらしい。

ゴードンのアシスタントとして働くようになってから、薫も何度か田舎町《いなかまち》のオークションやガレージセールに同行した。埃《ほこり》まみれの古道具の山から自分の目や勘《かん》を駆使《くし》して商品になりそうな物を探し出す――アンティーク好きにはたまらない作業だ。しかも今回訪れることになっている家は歴史ある名家と聞いているので、薫は今日を楽しみにしていた。

(そういえば、小学生のときにこういう感じの森にサマーキャンプで来たことあったな)

湖の畔《ほとり》のテントで寝泊《ねと》まりし、指導員から火の起こし方やカヌーの漕《こ》ぎ方を教わった。満天の星に感激し、将来は森の中の一軒家《いっけんや》で暮らしたいと思ったものだ。

しかし大人になってみると、田舎暮らしの大変さがわかってくる。冬は雪に閉《と》ざされて食料品の買い出しも一苦労、隣《となり》の家まで一キロ以上離《はな》れているような場所では何かあったときにすぐに助けを呼ぶこともできない。

その点、ウォルナッツ・ヒルは理想的な場所だ。森や湖に囲まれた静かな環境《かんきょう》でありつつ、生活に必要なものはすべて揃《そろ》っている。ニューヨークに近いので都会的で洒落《しゃれ》た面も持ち合わせており、去年ウォルナッツ・ヒルを訪れた両親は『日本で言えば軽井沢《かるいざわ》みたいな感じ』だと言っていた。

「……もう十二時か。どうりで腹が減ってるわけだ」

運転席のゴードンの呟《つぶや》きに、薫ははっと我に返って助手席のシートから体を起こした。

仕事に追われて昼食を取り損《そこ》ねたりすると、ゴードンはひどく不機嫌《ふきげん》になる。初めて空腹時のゴードンのいらいらっぷりを見たとき、まるで飢《う》えたライオンみたいだと思ったものだ。

そうなる前に、すみやかにこの猛獣《もうじゅう》に餌《えさ》を与《あた》えなくてはならない。

「十キロほど先にレストランがあるみたいです」

カーナビを操作し、近くに食事ができる場所があることを確認《かくにん》してほっとする。

薫はどちらかというと小食で、一食くらい抜《ぬ》いても全然構わないタイプなのだが、ゴードンはそうはいかない。しかも料理の味や質にもうるさいので、外出先で食事をする際はかなり気を遣《つか》う。

「こんな田舎じゃあまり期待はできないが、ハンバーガーチェーンよりはましだと願いたいな」

「その先は目的地の村まで何もなさそうなんで、わがまま言わずにそこで手を打ってください。じゃなきゃ、ダッシュボードに入ってるシリアルバーで我慢《がまん》してもらうことになります」

「そのシリアルバーなら、昨日隣町に行った帰りに食っちまった」

「ご安心を。今朝ちゃんと補充《ほじゅう》しておきましたから」

ダッシュボードを開けて、ゴードンのお気に入りの銘柄《めいがら》のオーガニックシリアルバーが数本並んでいるところを見せる。

「……用意周到《よういしゅうとう》だな」

「あなたを空腹のままにさせておくと、僕にとばっちりが来ますから」

肩をすくめてみせると、ゴードンが声を立てて笑った。

「きみは俺の扱《あつか》い方を実によく心得ている。前のアシスタントは、何度言っても俺のコーヒーの好みさえ覚えようとしなかったのに」

「それは、あなたのコーヒーの好みを覚える暇《ひま》もなく辞《や》めていったからでしょう？」

前任のアシスタントのことは、アビーや他《ほか》の従業員たちから聞いている。それまでにも数人のアシスタントがいたそうだが、ゴードンの無愛想《ぶあいそう》で厳しい接し方に耐《た》えられずに辞めていったらしい。

「確かに。考えてみたら三ヶ月以上続いたのはきみが初めてだ」

「その点は評価していただいていいと思います」

冗談《じょうだん》めかして、薫は答えた。

ゴードンとうまくやっているなどと自惚《うぬぼ》れているわけではないが、今のところゴードンの逆鱗《げきりん》に触《ふ》れるような大失態はやらかしていないし、深刻な大喧嘩《おおげんか》もしていない。たまにアンティークのことで意見の食い違《ちが》いがある程度で、仕事に関しては我ながらよくやっているほうではないかと自負している。

「もちろん、評価してるさ。きみが来てから日本向けの輸出部門が飛躍的《ひやくてき》に伸《の》びたし、きみが店に置くべきだと主張するがらくた類も、案外好評だしな」

「………ありがとうございます」

てっきりいつものように軽く流されると思っていたので、薫は少々面食《めんく》らってしまった。

慌てて前に向き直り、膝《ひざ》の上で拳《こぶし》を握《にぎ》り締《し》める。

心の中でゴードンの言葉を反芻《はんすう》して、じんわりと頰《ほお》が熱くなるのを感じた。

自分にも他人にも厳しい彼が、こんなふうに誰《だれ》かを褒《ほ》めるのは珍《めずら》しいことだ。この一年そばにいて、ゴードンが心にもないお世辞を口にしたりしないことはよくわかっている。

「どうした、黙《だま》り込んで」

「ちょっと……動揺《どうよう》してるんです」

前髪《まえがみ》をかき上げて、薫は正直に白状した。

「俺がきみのことを褒めたからか？」

「……ええ。あなたには、生意気で空気の読めない部下だと思われていると思ってたので」

言いながらちらりとゴードンの横顔を見やる。

薫のいささか自虐的《じぎゃくてき》なセリフに、ゴードンがふっと唇《くちびる》に笑《え》みを浮《う》かべるのがわかった。

「まあ確かに、きみは生意気だし空気が読めない。だが俺は、そういうのは嫌《きら》いじゃない」

「…………それは……どうも」

ひどくうろたえて、薫は口ごもった。

ゴードンが自分のことをどう思っているのか聞かされたのは、これが初めてだ。

嫌いじゃないというセリフが、頭の中でクリスマスツリーのように点滅《てんめつ》している。

(何意識してるんだ……社長は単に言葉どおりの意味で言っただけなのに)

そう言い聞かせても、心臓の鼓動《こどう》が鳴り止《や》まなかった。

隣にいるゴードンに聞こえてしまいそうで、さりげなく右手で心臓の上を押さえる。

――この頃《ごろ》、どうも調子がおかしい。灰色の瞳と視線が合うだけで胸がどきどきし、そばにいると意識してしまい……。

浅い呼吸をくり返しながら、薫は窓の外へ視線を向けた。

こうなってしまったのは、多分一ヶ月ほど前の出来事がきっかけだ。

あれは九月中旬《ちゅうじゅん》の、ウォルナッツ・ヒルが急な冷え込みに見舞《みま》われた週のこと――。

珍しく風邪《かぜ》をひいてしまい、なんとか薬でごまかして働いていたのだが、金曜日の午後、とうとうゴードンに早退を命じられてしまった。

風邪で早退なんて高校生のとき以来で、薫はひどく申し訳ない気持ちで〈エイプリル・ローズ〉をあとにした。

薬を飲んでベッドに潜《もぐ》り込み、悪夢にうなされていると、ふいにインターフォンの音で現実に連れ戻《もど》された。

もしかしたら、アビーが心配して立ち寄ってくれたのかもしれない。そう思ってベッドから這《は》い出してインターフォンのボタンを押すと、スピーカーから聞こえてきたのは思いがけない声だった。

『──俺だ』

面食らって、薫は目をぱちくりさせた。

『社長……？　いったいどうしたんですか？』

『ご挨拶《あいさつ》だな。様子を見に寄ってやったんじゃないか』

『…………ええええ？』

『開けてくれ。後ろがつかえている』

『は、はい……』

ゴードンに急《せ》かされて、薫はついついアパートの表玄関《おもてげんかん》のオートロックを解除してしまった。

はっと我に返り、丁重《ていちょう》に断ればよかったと思ったがもう遅《おそ》い。大股《おおまた》で廊下《ろうか》を歩く足音、そして部屋のドアをノックする音に、思わず天を仰《あお》ぎ見る。

──薫には、ゴードンを部屋に入れたくない理由があった。

まさか今日ここにやってくるとは思わなくて、油断してしまった。部屋には招き入れず、玄関先で無事を伝えて帰ってもらおうと決めてから薄《うす》くドアを開ける。

スーツ姿のゴードンがドアの前を塞《ふさ》ぐように仁王立《におうだ》ちになっており、薫は思わず一歩あとずさり、小さく息を吐《は》いた。

『なんだ、俺の顔を見たとたんため息なんかついて』

『え？　いえ、そういうわけじゃ……』

『熱は下がったか？』

『多分』

『多分ってなんだ』

『さっき起きたばかりで、まだ測ってないので……』

ふいに大きな手が伸びてきて、薫は驚《おどろ》いて反射的に目を閉じた。

ゴードンの冷たい手が額に触れ、さらに驚いて目を見開く。

『だいぶ下がったみたいだな』

『……はい、もう大丈夫《だいじょうぶ》です。明日は出勤しますので』

ゴードンの手が離れていき、薫は赤くなった顔を隠《かく》すように両手で乱れた前髪を直した。

普段《ふだん》は互《たが》いに距離《きょり》を置いているので、こんなふうに突然触《とつぜんさわ》られるとどぎまぎしてしまう。

『ジェイコブの店のオニオンスープを持ってきた。食欲《しょくよく》がないときはこれがいちばんだとアビーが言っていたから』

ゴードンが、洒落《しゃれ》たロゴの入った紙袋《かみぶくろ》を掲《かか》げてみせる。

『ありがとうございます……』

ジェイコブの店というのは〈エイプリル・ローズ〉の近所にあるカフェで、薫もよくランチを食べに行くお気に入りの店だ。本当はフランス語の小洒落た店名があるのだが、ウォルナッツ・ヒルの住人はたいていジェイコブの店と呼んでいる。店主のジェイコブは長年ニューヨークの有名ホテルでシェフをしていたそうで、自家製のパンを使った種類豊富なサンドイッチは今やこの町の名物のひとつとなっている。

『それとジンジャーエール。熱が出たときはこれに限る。それからこれ。前に、日本では風邪をひいた子供に桃《もも》の缶詰《かんづめ》を食べさせるって話をしてただろう?』

渡《わた》されたレジ袋から黄桃《おうとう》の缶詰が出てきて、薫は思わず口元をほころばせた。

『わざわざ探してくださったんですか。どうもありがとうございます』

素直《すなお》に礼を言うと、ゴードンが軽く眉《まゆ》をそびやかした。

『まだ万全《ばんぜん》じゃないな。いつものきみなら、僕は子供じゃありませんって反論するところだ』

『あー……そうですね。一応気づいてはいたんですが、今は反論する気力がないので』

肩《かた》をすくめて苦笑《くしょう》する。ゴードンが桃缶の話を覚えていて、自分のためにそれを買ってきてくれたことが嬉《うれ》しくて、実は子供云々《うんぬん》の部分は聞き落としていたのだが……。

『それは重症《じゅうしょう》だな。こんなところで立ち話してたら体が冷えるだろう。入るぞ』

『……ええっ？　いやその、風邪をうつしては悪いので……っ』

『毎日同じ部屋で働いてるのに今更《いまさら》だろう』

『ちょ、ちょっと待ってください……っ、散らかっているので！』

慌《あわ》てて阻止《そし》しようとするが、間合いを詰められてついあとずさってしまう。

その隙《すき》に、ゴードンは素早《すばや》く室内に踏《ふ》み込んで後ろ手にドアを閉めた。

『綺麗《きれい》に片づいてるじゃないか』

キッチン、リビング、ダイニングスペースとベッドルームが一体になった部屋を見まわして、ゴードンが感心したように呟《つぶや》いた。

やがてその視線が奥の壁《かべ》一面に取りつけられた棚《たな》に向かうのを、薫は絶望的な気分で追った。

『……きみが俺を部屋に入れたがらない理由は、あれか？』

『ええ、そうです』

半ば自棄《やけ》になって、薫は肩をすくめた。

——幼少の頃《ころ》から、薫には収集癖《しゅうしゅうへき》があった。最初は公園で拾ったどんぐりやシリアルの箱に入っているおまけの玩具《おもちゃ》、やがてミニカーやベースボールカードを集め始め、日本に帰国してからはプラモデルにどっぷりとはまった。

特に気に入っていたのが、日本の城のプラモデルだ。やがてプラモデルを引き立てるためのジオラマ作りに熱中するようになり、その頃ようやく自分がミニチュアの世界にひどく心を惹《ひ》かれていることを自覚した。

部屋から溢《あふ》れ出して廊下や階段、リビングにまで進出してきた薫のコレクションに母の堪忍《かんにん》袋《ぶくろ》の緒《お》が切れて、大学に進学する際にプラモデルのコレクションは泣く泣く手放した。

寮《りょう》のスペースにも限りがあるし、もう収集はするまいと思っていたのだが……ある日大学の帰りにふと立ち寄った雑貨店でドールハウス用のミニチュア家具を目にして、薫の心はたちまち虜《とりこ》になった。

本物そっくりの精巧《せいこう》な家具が、ドールハウスの中に整然と収まっている。ミニチュア好きにはたまらない空間だ。

その日のうちにベッドルーム用の家具を一式買い求め、寮に帰ってさっそく机の上に並べてみた。

どんな家族が住んでいて、どういう生活をしているのだろう。想像力をかき立てられて、気がつくと何時間も眺《なが》めていた。

雑貨店に置いてあった分をすべて購入《こうにゅう》し、ネットで検索《けんさく》して近隣《きんりん》の町まで足を運び、やがてミニチュア家具にもアンティークやビンテージがあることを知り……。

『……すごいコレクションだ』

ゴードンが棚の前で腕《うで》を組み、びっしり並べられたミニチュア家具を眺める。

ただ並べるだけでなく、棚の仕切りごとに部屋を作って、それぞれカントリー、ミッドセンチュリー、フレンチやハワイアン等々、きっちり統一感を持たせてある。時間と労力、アルバイト代や給料を注ぎ込んだ、自慢《じまん》のコレクションだ——。

『ええ、自分でもすごいと思います。いろんな意味で』

自嘲的《じちょうてき》に言って、薫はため息をついた。

自分のコレクションが、他人からどう思われるかは重々承知している。ミニチュア家具の収集は、二十四歳の男の趣味《しゅみ》としてはいささか風変わりだ。寮でも散々からかわれ、薫の趣味はお人形遊びだと揶揄《やゆ》された。

そんな過去があるので、ゴードンが何気なく言ったであろう『うちの姪《めい》っ子もドールハウスに夢中なんだ。きみとは気が合いそうだ』という言葉に、薫は過剰《かじょう》に反応してしまった。

『言っておきますが、僕は人形遊びはしませんよ。これはあくまで家具のコレクションで……』

『人形がないのは、見ればわかるさ』

薫の剣幕《けんまく》に、さすがのゴードンも鼻白んだ表情を見せた。

『…………すみません。これまでこのコレクションに関してあれこれ言われてきたので、ちょっとナーバスになっていまして』

『お気に入りはどれだ？』

『え？』

一瞬《いっしゅん》何を訊《き》かれたのかわからなくて、隣《となり》に立つゴードンの顔を見上げる。

『お気に入りの部屋だ。自分が住むならどの部屋を選ぶ？』

『えっと……この部屋です』

目を瞬《またた》かせながら、薫は素朴《そぼく》な農家風の部屋を指した。

『ああ、まさしくきみの好みのど真ん中だな。ベッドにはちゃんとキルトのカバーがかかってるし』

『これ、この町に引っ越《こ》してきて間もない頃に近所のガレージセールで見つけたんです。こんな小さいのにちゃんとパッチワークになっていて、裏に名前の刺繍《ししゅう》があるんです。多分お母さんが娘《むすめ》のために作ったんだと思います』

　小さなキルトを手に取って、裏返して見せる。

　これを見つけたとき、薫は心の中で高らかに鐘《かね》の音が鳴り響《ひび》くのを感じた。

　仕事でもプライベートでも、好みのものに出会うと気持ちが高揚《こうよう》して、脳内にアドレナリンが放出されるのが自分でもよくわかる。

　愛《いと》おしげに小さなキルトを撫《な》でる薫に、ゴードンの口元にもふっと笑《え》みが浮《う》かんだ。

『アビーから、きみが休みの日にまでガレージセールやアンティークショップ巡《めぐ》りをしていると聞いていたが、なるほど、これを集めていたんだな』

『……ええ』

『これを見てよくわかったよ。きみが面接のとき、熱く語っていた理由が。情熱を傾《かたむ》けられるものを仕事にできるのはとても幸せなことだ』

『…………』

　灰色の瞳《ひとみ》に見つめられ、薫はごくりと唾《つば》を飲み込んだ。

　――すごく、嬉しい。

　多分そのとき心に渦巻《うずま》いていたのは、そんな感情だ。

仲のいい友人にもどん引きされ、両親もいい顔をしない趣味に、こんなふうに理解を示されたのは初めてで……。

「ああ、看板っぽいのが見えてきた。あれか？」

ゴードンの声に、物思いに耽《ふけ》っていた薫ははっと我に返った。

「え？　ええ、はい」

俯《うつむ》いていた視線を上げて、前方のレストランの看板を確かめる。

ゴードンとふたりきりであることを意識しないよう、薫は詰めていた息をそっと吐き出した。


幸い、昼食に立ち寄ったレストランはなかなか感じのいい店だった。素朴な山小屋風のログキャビンで、家庭的な料理が売りらしい。

「こないだ泊《と》まったニューヨークのホテルの食事より断然いいな」

ステーキとたっぷりの温野菜のグリルを食べて、ゴードンはすっかり上機嫌《じょうきげん》になった。肉の焼き方にうるさいゴードンが文句を言わないところを見ると、好みの焼き加減だったのだろう。

「ええ、確かに。あのホテルの料理は見た目はいいけど味はいまいちでした」

薫が頼《たの》んだローストチキンも美味《おい》しかった。つけ合わせのベイクドビーンズとサラダも好みの味で、その点は大満足だ。

ただし、若いウェイトレスがゴードンに色目を使うのには辟易《へきえき》した。

レストランに足を踏み入れたときから、彼女の視線はゴードンに釘付《くぎづ》けだった。今もふたつ向こうのテーブルで給仕《きゅうじ》をしながら、ゴードンにちらちらと視線を送っている。

(社長が女性から秋波を送られるのなんか、いつものことじゃないか……)

これまでは「社長って女性にもてるんだな」くらいにしか思わなかったのに、今は彼女の視線がゴードンを捉《とら》えるたびに心がざわめいてしまう。

「コーヒーのおかわりはいかが?」

腰《こし》をくねらすようにして近づいてきた彼女に、ゴードンが顔を上げる。

「結構だ。薫は?」

「え? ああ、僕もいいです」

がっかりしたように立ち去る彼女の後ろ姿を見送って、薫はコーヒーカップを置いた。

「社長、あのウェイトレスが電話番号を渡《わた》したがってるみたいですよ」

自分でも、なぜそんなことを口にしたのかわからなかった。こういうことは今までに何度もあったし、そのたびに見て見ぬふりをしてきた。なのになぜか、口にせずにはいられなかったのだ。

「わかってる。だがそういうのは興味ない」

ゴードンもコーヒーカップを置いて、ひらひらと軽く手を振《ふ》ってみせる。

「……ニューヨークでも、バーテンダーの女性に電話番号渡されてましたよね」

「なんだ、気づいてたのか」

ゴードンがにやりと笑い、薫は口にしてしまったことを後悔《こうかい》した。黙《だま》って視線をそらし、冷めかけたコーヒーを喉《のど》に流し込む。

今までは、ゴードンの女性関係には興味がなかった。

今は、ゴードンの女性関係など知りたくないと思っている。

(そういえば、社長って今恋人《こいびと》いるのかな……)

――半年ほど前まで、ゴードンにはつき合っている女性がいた。ウォルナッツ・ヒルのブティックに勤める金髪《きんぱつ》美人で、薫も何度か顔を合わせたことがある。アビーによれば〝割り切った関係〟で、彼女が別の町に転勤したのを機にあっさり関係を解消したようだが……。

(……新しい彼女、できたんだろうか。だからナンパには興味ないのかな)

考えてみたら、ゴードンに恋人がいないはずがない。背が高くて男前で、しかも優秀《ゆうしゅう》な経営者だ。

考えていると気が滅入《めい》ってきて、薫は視線を落とした。

「どうした、暗い顔して」

「……いえ別に。料理は美味しかったのにコーヒーはいまいちだなと思って」

その言葉に苦笑《くしょう》し、ゴードンはテーブルに身を乗り出して薫の顔を覗《のぞ》き込んできた。

「言っておくが、あのバーテンダーとも何もなかったぞ。ああいう場所で電話番号を渡されることはたまにあるが、そういう出会いには興味ない。俺はひと目惚《めぼ》れというやつを信じてないからな」

「……ひと目惚れなんて、都市伝説でしょう？」

わざとおどけたように言うが、あまりうまくいかなかった。

「別にひと目惚れを否定するわけじゃない。だけど俺は、ある程度時間をかけて見極《みきわ》めたいと思ってる」

「それは……ミス・ハドソンのときもそうだったんですか？」

ついつい、ゴードンがつき合っていた金髪美人の名前を口にしてしまう。言ったあとでしまったと思ったがもう遅《おそ》かった。

「ま、そうとも言えるな。お互《たが》いに求めているものが一致《いっち》していることを確認《かくにん》してからつき合い始めたから」

「ビジネスライクな言い方ですね」

「ああ、ロマンティックとはほど遠い関係だったからな」

「…………」

アビーの言葉を裏づけるような言い方に、複雑な気分だった。

彼女に本気ではなかったことに安堵《あんど》しつつ、ゴードンは本気の恋をしない主義なのだと思い知らされ……。

「きみはどうなんだ？　ひと目惚れの経験は？」

「ええ、数え切れないほど。アンティークショップに行くたびにひと目惚れです」

肩《かた》をすくめると、ゴードンに「ごまかすな」と突《つ》っ込まれてしまった。

「人間に関しては……ないですね。僕もある程度時間をかけないと、人となりはわからないと思っているので」

「同感だ。珍《めずら》しく意見が一致したな」

「いいえ、一致してません。僕は恋愛《れんあい》にはロマンティックを求めているので」

素直《すなお》に肯定《こうてい》できなくて、唇《くちびる》を尖《とが》らせて反論する。

ゴードンが眉《まゆ》をそびやかし……それから面白《おもしろ》そうに笑みを浮かべた。

「覚えておこう」

別にアシスタントの恋愛観なんて覚えておいてもらわなくて結構です、と言い返したかったが、薫は黙ってカップに残ったコーヒーを飲み干した。


キンケイド邸《てい》に着いたのは、午後三時をまわった頃《ころ》だった。

レストランを出たあと、ゴードンと交代して薫がハンドルを握《にぎ》って目的地を目指したのだが、途中《とちゅう》の道の一部が落石で封鎖《ふうさ》されていたため、大幅《おおはば》な迂回《うかい》を余儀《よぎ》なくされた。

到着《とうちゃく》は予定よりかなり遅《おく》れ、屋敷《やしき》と納屋《なや》にある家具や食器類をすべて見終わった頃には、すっかり日が暮れてしまった。

「……もしかして、雨が降り始めてます？」

屋根裏部屋で見つかったレースやリボン、ボタンといった手芸用品を選別していた薫は、ふと顔を上げて窓の外を見やった。

「ああ、降り始めたみたいだな」

そばでキルトの品定めをしていたゴードンも、作業の手を止めて眉根《まゆね》を寄せる。

「そっちはどうだ。売り物になりそうか」

「ええ、コンディションはかなりいいです。こういう古いレースの付け襟《えり》は人気があるってアビーが言ってました」

「キルトはだめだ。ほとんど破れたりほつれたりしてる」

言いながらゴードンがパッチワークキルトのベッドカバーを丸めて廃棄《はいき》の箱に入れようとしたので、慌《あわ》てて薫は立ち上がった。

「ちょっと待ってください！　古いキルトは破れてて当然ですよ。これだけ丁寧《ていねい》な手仕事ですから、少々破れてたって欲しいという人はいます」

「こんな、中の綿がはみ出してるようなやつでも？」

「ええ。これなんか図案が凝《こ》っていてすごく素敵《すてき》です」

箱のいちばん上に置いてあった小ぶりなサイズのキルトを広げ、薫は口元に笑《え》みを浮《う》かべた。

「これ、ベビーキルトですね。赤ちゃんが生まれたときに、誰《だれ》かがプレゼントしたんでしょう」

アヒルやうさぎ、子犬がアップリケされ、中央に赤ちゃんの名前と誕生日が刺繍《ししゅう》されている。

「一八九〇年五月十一日誕生、メアリー・ジェーン・ホワイト……この家の名字はキンケイドだから、よその家の子供のだな」

「メアリーがキンケイド家にお嫁《よめ》に来るときに持ってきたのかもしれませんよ」

「それはあり得る。一八九〇年生まれか……うちの曾祖父《そうそふ》と同時代の人間だな」

「なんか不思議な感じですね。メアリーが生まれたときにこれを贈《おく》ったのは、誰だったんでしょう……」

丁寧な縫《ぬ》い目に指を這《は》わせながら、薫はそのときの情景を思い浮かべた。

キルトを縫った人にとっての初孫、あるいは初めての姪《めい》だったかもしれない。あるいは仲のいい女友達が集まって、友人の娘《むすめ》のために皆《みな》で協力して縫ったものかもしれない。このキルトにくるまれていたメアリーはどんな女の子で、どういう人生を歩んだのだろう……。

「また妄想《もうそう》の世界に入り込んでるな」

「……っ」

ゴードンに軽く額を小突《こづ》かれて、薫ははっと我に返った。

「親父《おやじ》が生きてたら、きみとはすごく気が合っただろうな。親父も家具を修理したり銀器を磨《みが》いたりしながら、よく今のきみみたいに物思いに耽っていた」

ゴードンが微笑《びしょう》を浮かべて薫の顔を見つめる。

その口調にいつものような揶揄《やゆ》や皮肉の響《ひび》きはなく、それどころか灰色の瞳がいつもより親しげに細められていて、薫はひどく動揺《どうよう》した。

「……それがアンティークの醍醐味《だいごみ》ですから」

赤くなった顔を隠《かく》したくて、ゴードンに背を向けてリボンの選別に取りかかる。

「この家も、親父が見たら喜びそうだ。家も家具も、こういう素朴《そぼく》なアーリーアメリカン調がいちばん好きだったから」

「社長はミッドセンチュリー派ですよね」

「ま、別にすごく好きってわけじゃないけどな。ミッドセンチュリーがいちばん需要《じゅよう》があるってだけの話で」

それについて薫が懲《こ》りずに意見を述べようとしたそのとき、階段を上ってくる足音が聞こえてきた。

「終わりましたか？」

顔を覗かせたのは、依頼主《いらいぬし》のキンケイド氏だった。五十代半ばくらいの恰幅《かっぷく》のいい男性で、ここから車で一時間ほどの町で高校の教師をしているという。

「はい、家具と食器類は査定が終わりました。トラックを手配して、今週中に引き取りに来ます。ここにあるキルトやレースもいただいていいんですよね？」

「ええ、この家の敷地《しきち》内にあるものでお金になりそうなものは全部持って行ってください」

ゴードンの質問に、キンケイド氏が両手を広げて身も蓋《ふた》もないセリフを口にする。

この家を相続したキンケイド氏は、アンティークにはまったく興味がないらしい。家の中のものは全部処分し、いずれはこの家も取り壊《こわ》すつもりだという。

もったいない気もするが、長年住む人のいなかった家はかなり傷《いた》んでいる。取り壊される前にこうしてアンティークの数々を救出することができただけでもよかった。

「私はそろそろ帰りますが、あなたがたはどうされます？」

キンケイド氏に問われて、ゴードンが薫のほうをちらりと振《ふ》り返った。

「我々はもう少し作業の続きをさせてもらっていいですか？」

「ええ、構いません。鍵《かぎ》はお持ちですよね？」

「はい、合鍵をお預かりしています」

「じゃあ私はお先に」

「あ、あの、キンケイドさん」

帰ろうとしたキンケイド氏を、薫は慌てて呼び止めた。

「あの、これ、ベビーキルトなんですけど、メアリー・ジェーン・ホワイトってかたをご存じですか？」

「さあ……私はこの家の直系ではないので、先祖のことはよく知らないんです」

キンケイド氏が、肩をすくめてみせる。

「えっとあの、お名前の入ったものなので、もし記念にお持ちになりたければ……」

「いやいや、結構です。私も妻も、こういう古いものは苦手で」

差し出されたベビーキルトを見て、キンケイド氏が苦笑《くしょう》しながらあとずさる。

その反応に、他人事《ひとごと》ながら薫はいささか寂《さび》しい気持ちになってしまった。

階段を下りてゆくキンケイド氏を見送りながら、薫はメアリーを慰《なぐさ》めるように指先で名前の刺繍をなぞった。

「きみが落ち込んでいるように見えるのは、さっきのベビーキルトのせいか？」

――キンケイド邸からの帰り道。

運転席のゴードンに問われて、薫は自分がずっと前を見つめたまま黙《だま》りこくっていたことに気づいた。

「……ええ。感傷的だって笑われそうですけど」

「確かに感傷的だが、別に笑ったりはしないさ。きみのそういうところにはもう慣れた」

「そう言っていただけると嬉《うれ》しいです」

苦笑して、薫は体を起こしてゴードンのほうへ視線を向けた。

「世の中、古いものや思い出の品に郷愁《きょうしゅう》を抱《いだ》くのはごく一部の人間だけだ」

「ええ……そうですよね。アンティークショップに勤めていると、ついそのことを忘れてしまうんです」

自分が好ましく、ときには愛《いと》おしく思う古い品々は、世の中の大抵《たいてい》の人たちにとっては不要品だ。それはよくわかっているし、他人に自分の価値観を押しつける気もない。

けれど、思い出の品が見捨てられることに、ときどき言いようのない寂しさを感じてしまう。

「キンケイド氏が興味を示さなかったのは残念だが、あのベビーキルトをきっかけに、彼女の人生に思いを巡《めぐ》らせる人がいたというだけで充分《じゅうぶん》だろう。たとえそれが縁《えん》もゆかりもない他人だとしても」

ゴードンの言葉に、薫は目をぱちくりさせた。

「……ちょっとびっくりです」

「何が？」

「社長がそんなことおっしゃるとは、意外で……」

「ああ、俺もすごく意外だ。いつのまにかきみに感化されちまったのかな」

自分のセリフに気恥《きは》ずかしくなったのか、珍《めずら》しくゴードンが照れくさそうに笑った。

その態度に薫もくすぐったい気分になり、慌てて視線をそらす。

（うわ……なんか、すごく、嬉しいかも……）

今日のゴードンは、いったいどうしてしまったのだろう。

いつもだったら皮肉めいた口調で「いちいち感傷的な気分に浸《ひた》ってたら仕事にならないだろう」とか「あんな小汚《こぎたな》いキルト差し出されたって困るだけだ」などと言うだけなのに。

「霧《きり》が出てきたな。くそ、これじゃ前が見えない」

ゴードンが、いつもの調子を取り戻《もど》すように悪態をつく。

遠くで雷《かみなり》が鳴る音がして、薫はびくりと首をすくませた。

「雷が怖《こわ》いのか？」

ゴードンの口調は、からかっているわけではなさそうだった。多分彼なりに部下のことを気《き》遣《づか》ってくれているのだろう。

「……建物の中にいるときはさほど気にならないんですが、こんな森の中にいるときは不安になります」

「ホラー映画みたいだしな」

「そういう怖さじゃなくて、落雷《らくらい》や停電の心配をしているんです。行きがけの道みたいに、落石や倒木《とうぼく》で道が通れなくなったりとか……」

「きみは心配性《しんぱいしょう》だな。しかし……この濃霧《のうむ》の中を運転するのは、俺もあまり気が進まない」

「運転、替《か》わりましょうか？」

「いや。確かこの先にモーテルがあっただろう。今夜は泊《と》まっていこう」

ゴードンの提案に、薫は一瞬《いっしゅん》戸惑《とまど》いの表情を浮かべてからぎこちなく頷《うなず》いた。

「そのほうがよさそうですね」

濃霧の中、山道を運転するのは危険だ。今夜中に帰らなくてはならない理由もないし、ゴードンの言うとおり、泊まっていったほうが絶対にいい。

「なんだ？　予定でもあったのか？」

「いえ……何もありません」

つい最近も泊まりがけでニューヨークに行ってきたばかりだし、三ヶ月ほど前にも車の故障でやむを得ずモーテルで一泊《いっぱく》したこともある。

（泊まるって言ったって部屋は別々なんだし、別に意識するようなことは何も……）

そう自分に言い聞かせるが、胸のざわめきはなかなか収まらなかった。

多分、今日は不意打ちで褒《ほ》められたから気持ちが高ぶっているのだろう。

この気持ちをゴードンに気づかれないようにしなければ。

唇《くちびる》を引き結んで、薫はフロントガラスに叩《たた》きつける雨を睨《にら》みつけた。


二キロほど走ったところで、モーテルはすぐに見つかった。空室有りの表示が煌々《こうこう》と輝《かがや》いており、体が冷え始めていた薫は熱い湯を張ったバスタブを思い浮《う》かべてほっとした。

「きみはここで待っててくれ」

「あ、社長、傘《かさ》……っ」

駐車場《ちゆうしやじよう》に車を停《と》めたゴードンが、薫が傘を差し出す間もなく車を降り、大股《おおまた》でモーテルのオフィスへ向かう。

「もう……社長ってほんと傘が嫌《きら》いなんだから……」

まったく、傘をさす行為《こうい》は男らしくないとでも思っているのだろうか。

薫は雨に濡《ぬ》れるのが大嫌いなのだが、ゴードンは少々濡れてもまったく平気らしい。雨が降ろうが雪が降ろうが日課のジョギングを欠かさないし、まるで鋼《はがね》のような肉体の持ち主だと感心してしまう。

(よく言えば頑健《がんけん》だけど、社長ってちょっと鈍感《どんかん》なところがあると思う)

薫のように気温や気圧の変化に敏感《びんかん》ではないし、筋肉質で体温が高いせいか、暑がりだ。真冬でも室内ではワイシャツの袖《そで》を捲《まく》り上げていることがあり、見ているほうが震《ふる》えてしまう。

いつのまにか薫は、自分が口元に笑《え》みを浮かべていることに気づいた。

……いけない。いつもこうだ。ゴードンのことをあれこれ考えていると、ついにやにやしてしまう。

ゴードンに見つからないうちに表情を引き締《し》めて、薫は平屋建ての宿泊棟《しゅくはくとう》に視線を向けた。

看板には〈レイクサイド・イン〉と書かれている。ここからは見えないが、多分近くに湖があるのだろう。

よく見ると別荘《べっそう》風のなかなか小綺麗《こぎれい》な建物で、モーテルよりも少し上等な部類のようだ。オフィスの向こうにはレストランらしき建物もあり、ゴードンの夕食の心配をしていた薫は胸を撫《な》で下ろした。

（僕ひとりだったらダッシュボードのシリアルバーで済ませるけど、社長はそうはいかないからな……）

そもそもこのシリアルバーだって、ゴードンのために買っておいたものだ。ゴードンがお腹《なか》をすかせないように常に気を配っている自分が、まるで母親みたいで可笑《おか》しくなってくる。

「部屋が取れた」

車に戻ってきたゴードンが、助手席のドアを開けて短く告げる。

「あ……はい。荷物下ろします」

慌《あわ》てて緩《ゆる》みかけていた口元を引き締めて、薫はシートベルトを外した。

オークションや査定で出張する際は、薫もゴードンもこういう場合に備えて一泊分の着替《きが》えを持ってくるようにしている。そうでなくても埃《ほこり》だらけの納屋《なや》で作業して服が汚《よご》れることが多々あるので、着替えは必携《ひっけい》だ。

「いい、俺がやる。きみは先に部屋に行って鍵《かぎ》を開けてきてくれ」

「はい、じゃあお願いします」

カードキーを受け取り、薫は傘をさして宿泊棟に向かった。

部屋はいちばん端《はじ》の15号室だった。ドアを開けて明かりのスイッチを入れると、柔《やわ》らかなフロアランプの光の中に広々とした室内が浮かび上がる。

(へえ……ちゃんとリビングとベッドルームが分かれてるんだ)

カーテンや調度品も洒落《しゃれ》ていて、ちょっとしたリゾートホテル風だ。リビングの続きになっているベッドルームに足を踏《ふ》み入れると、ダブルサイズのベッドがふたつ並んでいた。

(こんな広い部屋、ひとりで使うのもったいないなあ)

どっちのベッドで寝《ね》ようか考えていると、ドアチャイムの音が聞こえてきた。

「俺だ。開けてくれ」

ゴードンの声に、慌ててドアのロックを外す。

「きみの荷物、これだけだよな?」

「そうです。どうもありがとうございます」

礼を言って受け取るが、ゴードンは立ち去ろうとしなかった。しばし薫の顔を見つめ、無言で部屋の中に入ってくる。

「……あの、社長の部屋は隣《となり》ですか？」

「いや、ここだ」

「じゃあ僕が別の部屋に？」

「いや、ここだ」

「…………」

ゴードンが、あまり見たことのない表情で薫の顔を見下ろしている。不機嫌《ふきげん》とは少し違《ちが》う。緊張《きんちょう》……困惑《こんわく》……あるいは後悔《こうかい》？

「……えーと……つまり、部屋はひとつしか取れなかったんですね」

「察しがいいな」

「よく言われます」

薫が肩《かた》をすくめると、ゴードンがふっと表情を緩めた。

「ちょうど村で園芸愛好家のためのイベントをやっていて、予約で満室だったらしい。キャンセルが出て、なんとか一部屋だけ確保できた」

「そうですか。そういえば駐車場も車でいっぱいでしたね」

動揺《どうよう》した気持ちを悟《さと》られないよう、早口で言ってくるりと踵《きびす》を返す。

（どうしよう……社長と同じ部屋……ベッドルームも一緒《いっしょ》……）

これまでも何度も宿泊付きの出張があったが、いつも部屋は別々だったので、こういう可能性もあることに考えが及《およ》ばなかった。

（まず電話で空室状況《じょうきょう》を確認《かくにん》すればよかった……そしたら別のモーテルを探せたのに）

せかせかした足取りでバスルームへ向かい、「わあ、バスタブが大きくて気持ちよさそう」などと無駄口《むだぐち》を叩く。

「俺は気にしないが、きみは構わないか？」

バスルームの戸口に立ったゴードンに問いかけられて、薫はびくりと背筋を強《こわ》ばらせた。顔を上げたとたん、洗面台の鏡越《ご》しにゴードンと目が合ってしまう。

「えっ？　ええ、もちろん、全然平気です」

「そうか、よかった」

鏡に映ったゴードンが、ドアにもたれて幾分《いくぶん》ぎこちなく笑う。

「ええ、本当に」

薫も、自分の笑みが引きつるのがわかった。

……自分はともかく、ゴードンも緊張しているように見えるのはなぜだろう。

（ひょっとして、僕の気持ちに薄々《うすうす》気づいてるとか？　それで、自分に気のある部下と一緒の部屋に泊まることになって、身構えてるとか？）

背中に冷たい汗《あせ》がにじみ出す。

アビーから聞いた、前任者のそのまた前任者だったアシスタントの話が頭をよぎる。

ニューヨークのギャラリーでの勤務経験がある都会的で華《はな》やかな青年だったらしいが、ゴードンを誘惑《ゆうわく》しようとして首になったという。

『私も詳《くわ》しい経緯《けいい》は知らないんだけど、その彼、ゲイだってことをオープンにしてて……それは別に悪いことじゃないんだけど、常々周囲に社長は好みのタイプだとかああいう男とつき合いたいとか言いふらしてて、あれは傍《はた》から見ててもちょっとどうかと思ったわ』

ゴードンへの気持ちの変化を自覚したとき、薫は真っ先にこの話を思い出した。

そして自分は、この気持ちを絶対に気づかれないようにしようと心に誓《ちか》った。

ゴードンはゲイではない。バイセクシャルである可能性はゼロではないが、少なくとも薫が知る限り、男性とつき合った経験は皆無《かいむ》だ。

（……大丈夫《だいじょうぶ》、社長は気づいてない）

あの見舞《みま》いの日以来、ゴードンと接する際には細心の注意を払《はら》ってきた。

もし彼が気づいていたら、ふたりきりでの出張を避《さ》けたはずだ。

「先に飯を食いに行かないか。ここのレストランはあと三十分でオーダーストップになる」

「ええ、そうしましょう」

あまり食事に行きたい気分ではなかったが、ゴードンを空腹にさせるわけにはいかない。

頷《うなず》いて、薫は精一杯《せいいっぱい》の笑顔を作ってみせた。

バスルームの扉《とびら》の向こうから、シャワーの水音が密《ひそ》やかに聞こえてくる。

ベッドの端に腰《こし》かけて、薫は緊張した面持《おもも》ちで天井《てんじょう》を見上げた。

——レストランに行って夕食をとり、部屋に戻《もど》ってきたのが五分前のこと。

『社長、シャワーお先にどうぞ』

『いいのか？　じゃあさっと浴びてくる』

言いながらゴードンがワイシャツのボタンを外し始めたので、慌てて薫は背中を向けて、荷物を整理するふりをした。

昼食のときと違って、夕食の席でのゴードンはどこかよそよそしかった。

多分、前の前のアシスタントとのことが頭にあったのだろう——アビーによれば、ふたりきりで残業しているときにアシスタントが誘惑しようと迫《せま》ってきたそうなので。

ゴードンの態度に気づいて、薫もいつもより口数が少なくなってしまった。

同じ部屋に寝泊《ねと》まりすることを特別意識していると思われたくないし、媚《こ》びているとも思われたくない。

しかし経験不足の自分にそんな高度な技《わざ》が使えるはずもなく、結局俯《うつむ》いて黙々《もくもく》と食事するしかなかった。

（素っ気ないくらいでちょうどいいのかな……）

とにかく今夜一晩、何ごともなく乗り切らなくてはならない。

この気持ちをゴードンに気づかれたら、厄介《やっかい》なことになってしまう。

落ち着かない気分で、薫は窓辺に向かった。

外は真っ暗で、窓ガラスには途方《とほう》に暮れた表情の自分がぼんやりと映り込んでいる。

華奢《きゃしゃ》な体格は、高校生の頃《ころ》から全然変わっていない。身長も百七十に届いたところで止まってしまった。

細面《ほそおもて》の輪郭《りんかく》、不安そうに見開かれた大きな瞳《ひとみ》——アビーはこの目をとても印象的だと褒《ほ》めてくれたが、黒目がちなせいで実年齢《じつねんれい》より幼く見られてしまうのが難点だ。色白のなめらかな肌《はだ》も、女性ならば美点なのだろうが、二十四歳の男にしては頼《たよ》りなさすぎる。

ため息をついて、薫は自身の冴《さ》えない風貌《ふうぼう》から目をそらした。

(前々アシスタント氏は、よほど自分に自信があったんだろうな……。あのゴードンに、自分から迫るなんて)

薫は、この気持ちを打ち明ける気などさらさらない。

この仕事が好きだから、気まずくなって辞《や》めるようなことだけは避けたかった。

第一、誰《だれ》がどう見ても自分はゴードンに不釣《ふつ》り合いだし、身の程《ほど》はちゃんとわきまえている。

「お先に」

ふいに背後でバスルームのドアが開く音がして、薫はびくりとした。

急いで無表情の仮面をつけて、ゆっくりと振《ふ》り返る。

「……っ！」

風呂《ふろ》上《あ》がりのゴードンの姿が目に入り、薫はもう少しで悲鳴を上げそうになってしまった。

ゴードンは、何も身につけていなかった。

いや、一応腰にタオルを巻いてはいるが、逞《たくま》しい腹筋や腰骨《こしぼね》のエロティックな陰影《いんえい》も露《あら》わで、ほとんど裸《はだか》同然と言っていい姿だ。

「な、何か着てください！」

かあっと頬《ほお》が熱くなり、せっかくつけた仮面が瞬《またた》く間に溶《と》けてしまう。

「今着るところだ。着替《きが》えがそこにある」

固まったまま目線だけ動かすと、ベッドの上にパジャマのズボンらしきものが無造作に置かれていた。

「もう、ちゃんとバスルームに持ってってくださいよ……」

くるりと背中を向けて、前髪《まえがみ》をかき上げるふりをして両手で顔を覆《おお》う。

「悪い。そんなに驚《おどろ》かれるとは思わなかったんだ」

言いながらベッドに歩み寄り、ゴードンがその場で服を着始める。

その間、薫はどきどきする心臓に鎮《しず》まれと言い聞かせながら、俯いて待つしかなかった。

「耳まで真っ赤だ」

「そ、それは……っ、社長が……っ」

せっかく頬の熱が引き始めたのに、ゴードンに蒸《む》し返されて再び沸騰《ふっとう》してしまう。

「まあそう怒《おこ》るなって。ひとり暮らしが長いから、風呂上がりはいつも裸なんだ。これでも一応きみに気を遣《つか》ってタオルを巻いたんだぞ」

「そうですか。お気遣いありがとうございます。もう服は着られましたか？」

「着た」

振り返って、薫は再び悲鳴を上げそうになってしまった。すんでのところで堪《こら》えて、視線を左右にさまよわせる。

上半身は相変わらず裸、下は青いパジャマのズボンを穿《は》いているが、薄《うす》い布地がかえって体の線――もっと詳しく言えば、股間《こかん》にあるものの質感を強調していた。

「上は別に着なくていいだろう？　いつも風呂上がりは着ないんだ」

「…………ええ」

ここで上も何か着てくださいと騒《さわ》ぎ立てるのは子供じみている。上半身の裸くらい別になんとも思わないという態度を見せなくてはならない。

「きみのうろたえぶりを見ていると、なんだかすごいセクハラをしている気分になるな」

言いながら、ゴードンが備え付けの冷蔵庫からミネラルウォーターのボトルを取り出す。

「いいえ！　別にセクハラだなんて思っていません！」

「そんなむきになって否定しなくてもいい」

目の端《はし》に、ゴードンの唇《くちびる》が面白《おもしろ》そうに笑《え》みの形を作っているのが映った。

確かに、これではむきになっていると思われても仕方がない。大きく息を吐《は》いてから、薫はできるだけ冷静に見えるように、静かに口を開いた。

「……いえ、ほんとに、ちょっとびっくりしただけです」

「ちょっと？　きみがそんなにうろたえているところは初めて見た気がするが。もしかして男

「いえ、大学の寮《りょう》では日常茶飯事《さはんじ》でしたから」

からかうような口調にかちんとしたが、薫は淡々《たんたん》と答えた。

「いえ、大学の寮《りょう》では日常茶飯事《さはんじ》でしたから」

言ってから、そういえば大学の寮ではルームメイトが裸同然の姿でうろうろすることなど珍《めずら》しくもなんともない光景だったことを思い出す。薫もいちいち驚かなかったし、こんなふうにどきどきすることもなかった。

(あの頃は、身近に好きな人なんていなかったし……)

憧《あこが》れるのは、いつも遠い存在の人ばかりだった。今思えば、お気に入りの映画俳優に対する気持ちとさほど変わりはない。

毎日顔をつき合わせ、普通《ふつう》に会話をする相手を好きになったのは、ゴードンが初めてだ。

(もしかして……これが僕の初恋《はつこい》なんだろうか)

今更《いまさら》ながら自覚して、顔から火が噴《ふ》き出しそうになる。

しかもそう意識してしまったせいで、頭の中で初恋という言葉がピンクのネオンサインとなってちかちか点滅《てんめつ》し始めた。

「顔が赤いのは、大学の寮でのことを思い出してるからか?」

ゴードンに問われ、俯いていた薫ははっと我に返った。

顔を上げ、灰色の瞳にじっと観察されていたことに気づいて動揺する。

「いいえ、違《ちが》います。お風呂入ってきます」

それ以上追及《ついきゅう》されたくなくて、薫は逃《に》げるようにバスルームへと飛び込んだ。

パジャマ代わりのTシャツとスウェットパンツを身につけてバスルームを出ると、ゴードンは窓側のダブルベッドに仰向《あおむ》けに横たわって目を閉じていた。

（……よかった。もう寝てる）

ほっとして、少し緊張《きんちょう》を解く。

シャワーを浴びている間ずっと、寝るまでの時間をどうやり過ごすか頭を悩《なや》ませていた。

先ほどのように不用意に赤面してはまずい。会話が危険な方向へいかないよう、無難に仕事の話をしようといくつか話題も用意した。

一緒《いっしょ》に出張したり、仕事帰りに食事に行ったり、これまでもゴードンとふたりきりになったことは何度もある。

けれど同じ部屋で寝泊まりするとなると、緊張感はこれまでの比ではない。

（……とりあえず今夜はクリアした。明日の朝は早めに起きて支度《したく》しよう）

ゴードンを起こさないように、そっと足音を忍《しの》ばせて空いたベッドへ向かう。

枕元《まくらもと》のランプを消そうと手を伸《の》ばしたとき、背後でゴードンが身じろぎする気配が伝わってきた。

「……ベッド、そっちでよかったか？」

ふいに声をかけられて、びくりと体を強《こわ》ばらせる。

「え、ええ、別にどっちでも」

振り返ると、ゴードンがこちらをじっと見上げていた。

上半身裸で、いつもきちんと整えている髪《かみ》も乱れている。ほの暗いランプの明かりに浮《う》かび上がる姿が、やけになまめかしい。

「きみは結構長風呂なんだな」

肉感的な唇が、ゆっくりと笑みの形を作る。

とても直視できなくて、薫は急いでベッドカバーをはがしてブランケットとシーツの間に潜《もぐ》り込んだ。

「……シャワーのあと、しばらくバスタブに浸《つ》かっていたので」

「日本人はバスタブに浸かるのが好きだって聞いてたが、本当なんだな」

「最近は日本人でもシャワーだけで済ませる人も多いですよ」

さっさと話を終わらせようと素っ気なく答えるが、ゴードンは気にしていないようだった。

「きみは大学の寮にいたんだろう？　寮じゃゆっくり風呂に浸かることなんてできなかっただろう」

「ええ、寮ではずっとシャワーでした。だから今その反動で、毎日ゆっくりバスタブに浸かることにしてるんです」

「ふうん……いい匂《にお》いのするバスオイルを入れたり、泡風呂《あわぶろ》にしたり？」

がばっとベッドの上に起き上がり、薫はゴードンを睨《にら》みつけた。

「社長、寝る前のおしゃべりが長すぎるって言われたことありませんか？」

「まさか。そんなこと一度も言われたことない」

心底心外だというように、ゴードンが真面目《まじめ》くさった顔で答える。

「……そうですか。僕の基準だと、そんな気がしたもので」

「きみがこれまでベッドをともにした相手は無口だった？」

「……っ」

瞬時《しゅんじ》に、かあっと頬が熱くなる。何か言い返そうと口を開くが、動揺《どうよう》のあまり言葉が出てこなかった。

「おっと、これはセクハラ発言だったかな」

ゴードンが、おどけたように両手を掲《かか》げてみせる。

気持ちを落ち着けようと、薫は大きく息を吐いた。

「社長、僕がシャワー浴びてる間にお酒でも飲んだんですか」

「いいや。アルコールは夕食のときのワイン一杯《いっぱい》だけだ」

「じゃあ隠《かく》れてドラッグでもやってるんですか？」

薫の渋面《じゅうめん》に、ゴードンが声を立てて笑う。

「確かに俺は今ちょっとハイになっている。寝る前に誰《だれ》かとこんなふうにしゃべるのは久しぶりだからかな」

「ええ、サマーキャンプではしゃいでる子供みたいです」

「そういえば子供の頃《ころ》は毎晩こんな感じだった。十二歳まで弟と寝室《しんしつ》が一緒だったから。考えてみたら、それ以来だ」

ゴードンのセリフに、薫は眉根《まゆね》を寄せた。

そんなはずはない。ゴードンはもてるし、実際半年ほど前まで恋人もいた。

無視しようかとも思ったが、好奇《こうき》心《しん》に負けてつい質問が口に出てしまった。

「……つき合ってた人、いたでしょう」

「まあ、それなりに」

ゴードンの言葉に、心臓がどくんと脈打つ。

過去に何人もの恋人がいたであろうことはわかっていたが、こうして本人の口から直接聞くと、やはり心にずしんと来てしまう。

「だけど、朝まで一緒に過ごしたことはないんだ。そういうウェットな関係ではなかったから」

続けてプライベートな事情をさらりと暴露《ばくろ》され、薫はひどくうろたえた。

そういうのは聞きたくない。けれど心のどこかで、アクシデントとはいえゴードンが久々に朝まで一緒に過ごす相手になれたことが嬉《うれ》しくもあり……。

「……僕が一緒だと眠《ねむ》れませんか？」

「どうかな。それは試《ため》してみないと」

隣《となり》のベッドからじっと見つめられ、薫は居《い》心地《ごこち》が悪くなって目をそらした。

「僕は……こうやって社長が話しかけてくる限り、眠れそうにないんですけど」

「ああ、悪い」

ゴードンがくすりと笑い、「おやすみ」と囁《ささや》いて寝返《ねがえ》りを打つ。

大きな背中をちらりと見やり、薫も寝返りを打ってゴードンに背中を向けた。

ようやく寝室に静寂《せいじゃく》が訪《おとず》れる。

冷蔵庫のモーター音、木々を揺《ゆ》らす風の音……他《ほか》にも気になる物音はたくさんあるのに、隣のベッドから聞こえてくるほんのわずかな衣擦《きぬず》れの音が気になって、薫はなかなか寝つくことができなかった。


——次に薫が目を覚ましたとき、あたりはすっかり明るくなっていた。

（……もう朝……？）

なかなか寝つけずにいたが、いつのまにか眠っていたらしい。カーテンの隙間《すきま》から差し込む明かりに目を細め、枕元の時計を見ようと寝返りを打つ。

「——!?」

何かに阻《はば》まれて、寝返りが打てなかった。

恐怖《きょうふ》で瞬時に体が凍《こお》りつく。

何かがベッドにいる。温かくて硬《かた》い感触《かんしょく》のそれは、薫の背後から覆《おお》い被《かぶ》さるように絡《から》みついていて——。

(な、しゃ、社長⁉)

胸に骨張った大きな手がまわされていることに気づいて、もう少しで悲鳴を上げてしまいそうになった。

身じろぎして首だけ振《ふ》り返ると、ゴードンが薫のうなじに顔を埋《うず》めるようにして寝息を立てている。

「社長!」

「…………ん?」

掠《かす》れた声が耳をくすぐり、先ほどは恐怖で凍りついた全身の血が瞬《また》く間に沸騰《ふっとう》する。

「ななな、なんで僕のベッドにいるんですか⁉」

「……うーん……」

寝ぼけているのか、ゴードンの反応は鈍《にぶ》かった。

しかし寝起きの声はやけにセクシーで……一刻も早くこの接触《せっしょく》から逃《のが》れようと、薫はじたばたともがいた。

「放してください……っ」

やや乱暴に、ゴードンの手を振りほどく。急いでベッドの上に起き上がり、薫は無意識にブランケットをたぐり寄せた。

「……朝から元気だな……」

ため息をつきながら、ゴードンが仰向《あおむ》けに寝返りを打つ。

逞《たくま》しい筋肉が動くさまが美しい。しかし裸《はだか》のゴードンがシーツの上に横たわる光景はあまりに生々しすぎて、薫にはとても直視できなかった。

「元気とかそういうんじゃなくて、思いがけない事態に直面して心底驚《おどろ》いているだけです！」

「きみは緊張《きんちょう》したり動揺したりすると、ものすごく早口になるよな」

薫とは対照的に、ゴードンはのんびりとした口調だ。しかも再び瞼《まぶた》を閉じて寝ようとしている。

「ちょっと、寝ないでください！」

「ん……まだ早いだろう……もう少し寝かせてくれ……」

ゴードンがちらりと薄目《うすめ》を開け、顔をしかめる。

まるでサバンナの木陰《こかげ》で昼寝を貪《むさぼ》っているライオンのようだ。

寝起きのゴードンを見たのはもちろん初めてで……いつもとは別人のような怠惰《たいだ》な姿に、思わず見とれてしまう。

こんな無防備な姿を晒《さら》すなんて反則だ。昨日よりも親密な間柄《あいだがら》になった気がしてしまうではないか……。

「……ね、寝るのは構いません。まだ六時前ですし。ですけど、寝るなら僕のベッドじゃなくてご自分のベッドでお願いします」

しばしゴードンの寝姿に見入ってしまった薫は、慌《あわ》てて視線をそらしながらまくし立てた。

「こっちのほうが寝心地がいい」

「え？　マットレスの硬さ、違《ちが》いましたか？」

言いながら、薫はふたつのベッドの間に降り立った。マットレスの硬さを確かめようと両手を伸《の》ばしたとたん、大きな手に手首を掴《つか》まれる。

「そうじゃなくて、ちょうどいい抱《だ》き枕《まくら》があるから」

「……………？」

灰色の瞳《ひとみ》が、面白《おもしろ》そうに薫を見上げている。

ゴードンが何を言っているのか理解できなくて、薫は数秒間ぽかんとした表情で固まってしまった。

「つまりだ。夜中にバスルームに行った帰り、間違えてこっちのベッドに入ってしまったらしい。すると温かくていい匂いのする抱き心地のいい枕があったので、ついつい長居してしまったというわけだ」

「…………な、何言ってるんですか……っ」

ようやく〝抱き枕〟が自分のことを指しているのだということに気づき、薫は真っ赤になった。

ぐっすり眠っていて、ゴードンがベッドに入ってきたことにまったく気がつかなかった。

日頃《ひごろ》はちょっとした物音にも目が覚めてしまうのに、こんなときに限って鈍感《どんかん》な自分が恨《うら》めしい。

「言っておくが、きみのほうから抱きついてきたんだぞ」

「……っ！」

ゴードンの唇《くちびる》が、更《さら》なる衝撃《しょうげき》を告げる。

即座《そくざ》に「冗談《じょうだん》でしょう」と否定しようとしたが、舌がもつれて動かなかった。

まったく身に覚えがないが、無意識のうちにやってしまったかもしれない。なんせ自分は、密《ひそ》かにゴードンに心惹《こころひ》かれているのだ……。

「……それは……大変失礼いたしました……」

蚊《か》の鳴くような声で呟《つぶや》いて、ゴードンに摑まれた手首を引っ込める。

しかし、大きな手は手首をがっちり握《にぎ》ったまま放してくれなかった。

「別に責めてるわけじゃない。最初に間違えてきみのベッドに潜《もぐ》り込んだのは俺のほうだし」

「……は、放してください……っ」

「もう少し寝ていよう。朝食まで時間がある」

「ひゃ……っ！」

ベッドに引きずり込まれて、薫は悲鳴を上げた。

ゴードンの長い手足が、まるでレスリングの技《わざ》のように背後から絡みついてくる。

「……!!」

腰《こし》のあたりに当たった硬い感触に、薫はぎくりとした。

まさかこれは……。

「ああ、すまない。朝の生理現象だ」

ゴードンが、なんでもないことのようにさらりと告げる。

しかも薫を抱き締《し》めた腕《うで》を放してくれるわけでもなく、硬い高ぶりは尾《び》てい骨に押し当てられたままだ。

「……そ、そのようですね！」

「わざとじゃない。こうなっていることに、今気がついた」

「ええ、わざとじゃないのはわかってます！」

自分でも何を言っているのかよくわからなくなってくる。

薫の全神経は、尾てい骨に当たっている硬いものに集中していた。

（す、すごく大きい……）

ゴードンのそこがどっしりとした質感を湛《たた》えていることは、服の上から盗《ぬす》み見て知っていた。

そこが勃起《ぼっき》したときの状態を思い浮《う》かべて、自慰《じい》に耽《ふけ》ったこともある。

けれど、実際は薫の想像以上で……。

（どうしよう、動いたら、なんかまずいような……っ）

同じ男性として、こういう場合、不用意に刺激《しげき》を与《あた》えてはまずいことはわかっている。

逃れようともがけば、かえってゴードンを煽《あお》ることになってしまうかもしれない。

「と、とにかく、放してください」

極力冷静さを装《よそお》うが、声は上擦《うわず》っていた。

「もう少し寝ててもいいんだろう？」

「それは構いませんが、僕はもう起きますので！」

体を硬直《こうちょく》させて早口でまくし立てると、ゴードンが首筋に唇を寄せてくすりと笑った。

「やはりこれは、セクハラと言われても仕方ないかな？」

「いえ！　単なるアクシデントですから！　若い男性なら仕方のないことです！」

話がエロティックな方向へ行かないように、薫は必死で言い募《つの》った。

ゴードンにとってはなんでもないことのようだが、奥手な薫にとっては一大事だ。

だが、腰に当たるものを意識しまくっているだなんて、ゴードンに知られたくない。

「ふうん……こういうの、大学の寮《りょう》では日常茶飯事《さはんじ》だったのか？」

「まさか！」

話が予想外の方向へ行き、驚いて薫は目を見開いた。

「俺は集団生活に耐《た》えられなくて一週間で寮を出たが、寮に住み続けた友人の中にはルームメイトと性欲《せいよく》の処理をし合っているやつもいた。そのほうが合理的だからと」

「それは、世の中にはそういう人もいるでしょうけれど、僕は全然……っ」

言いながら振《ふ》り返ろうとして、ぎくりとする。

腰に当たっているものが動いて、体積を増したような……。

「おっと、このままじゃまずいことになりそうだ。先にバスルーム使っていいぞ」

ゴードンがぱっと手を放し、のっそりと上半身を起こす。

「……え？」

「きみの体にも朝の生理現象が起こっている。そうだろう？」

「……っ！」

指摘《してき》されて見下ろすと、いつのまにか薫のペニスもスウェットパンツの下で硬《かた》くなっていた。

ゴードンのものほど存在感はないが、生理現象が起きていることは明らかだ。

（社長に気づかれてしまった……！）

恥《は》ずかしさのあまり、声が出なかった。

耳まで赤くなり、薫は無言でバスルームへ駆《か》け込んだ——。


——帰りの車中は、ひどく気まずい雰囲気《ふんいき》だった。

いや、気まずい思いをしているのは薫だけのようで、ゴードンは何もなかったように普通《ふつう》に振る舞《ま》っている。

——あのあと薫がバスルームからおずおずと出て行くと、ナイトテーブルの上に「ちょっとジョギングに行ってくる」というメモが残されていた。

三十分後、汗《あせ》だくで戻《もど》ってきたゴードンは、さすがに少々後ろめたかったのか薫と視線を合わせようとせずに「シャワーを浴びてくる」と言ってバスルームへ直行し……しかしさっぱりして出てきたときには、普段《ふだん》の彼に戻っていた。

「薫」

「……はい！」

ふいに運転席のゴードンに改まった口調で名前を呼ばれ、薫はびくりとした。

「……今朝のことだが」

「………」

固唾《かたず》を呑《の》んで、ゴードンの言葉の続きを待つ。

「その……悪かった。悪ふざけがすぎた」

「………ええ」

悪ふざけという言葉にかすかに傷つきながら、薫は視線を左右に揺《ゆ》らした。

「きみがああいう冗談に慣れていないことを考慮《こうりょ》するべきだった。アビーから聞いているかもしれないが、前の前のアシスタントにあの手の悪ふざけをされてひどく不愉快《ふゆかい》だったのに、俺もきみに同じことをしてしまった」

「いいんです、気にしてませんから」

それ以上聞きたくなくて、薫は急いでゴードンの言葉を遮《さえぎ》った。

あれは単なる悪ふざけ以上のものではなかったのだと告げられて、胸がつきりと痛む。

わかっていたことだが……心のどこかでそれ以上の意味を期待していたのかもしれない。

「……そうか。じゃあ、これまでどおりってことで、問題ないか？」

「ええ、なかったことにしましょう」

ゴードンと視線を合わせずに、薫は極力明るい声で返事をした。

「いや、なかったことにはできない。だから……」

言いかけて、ゴードンが口ごもる。

数秒間沈黙《ちんもく》が続き、薫はおそるおそる彼の横顔を見上げた。

「……いや、なんでもない。そうだな。あれはちょっとしたアクシデントだ」

ゴードンが振り向き、しかし薫と目が合う前に視線をそらす。

「……はい、そうですね」

頷《うなず》いて、薫は前方に視線を向けた。

ほっとした気持ちの中に、ほんの少し後味の悪さが交じっている。

けれど、初《うぶ》なことをからかわれたり、これまでの経験を追及《ついきゅう》されたりするよりはましだ。

シートにもたれて、小さく息を吐《は》き出す。

（この気持ちは、絶対に隠《かく》し通さないと……）

ゴードンに想《おも》いを寄せていることを知られたら、もっと気まずくなってしまう。

気まずくなるだけならまだしも、ゴードンに疎《うと》まれるようになったら、自分はもう〈エイプリル・ローズ〉にいられない――。

次の休憩《きゅうけい》地点まで寝《ね》たふりをすることにして、薫はそっと瞼《まぶた》を閉じた。

3

クリスマスシーズンは、アメリカの小売業界が一年で最も活気づく時期だ。〈エイプリル・ローズ〉も例外ではなく、十二月に入ってからというもの、連日大勢の客で賑《にぎ》わっている。

忙《いそが》しいのはありがたいことだ。従業員にはボーナスが出たし、自分たちが仕入れたり修理したり美しくディスプレイしたものが売れると、やり甲斐《がい》も感じられる。

（それに……忙しいと余計なこと考えずにすむし）

たまった請求書《せいきゅうしょ》を処理しながら、薫はため息をついた。

──〈レイクサイド・イン〉での出来事から約一ヶ月。

あれからゴードンは、本当に何もなかったかのように振る舞っている。

薫もそれを望んでいたはずなのに、もやもやした気分がずっと心を覆《おお》い尽《つ》くしていた。

自分でもわかっている。悪ふざけだと言われたことに、少なからずショックを受けているのだ……。

ふいにドアをノックする音が聞こえて、はっと我に返る。顔を上げると、ガラス張りのドアの向こうに立っていたのはアビーだった。

「薫、ちょっとラッピングを手伝ってもらえる？」

「はい」

パソコンの電源をスリープにして立ち上がる。

「クラフト作家コーナーに、フクロウのマグカップがあるでしょう。あれ、全部包んで欲しいって」

「え、十個くらいあったと思うけど、全部？」

「そう。全部」

急いでアビーのあとを追うと、レジの前で白髪《はくはつ》の老婦人がにこにこしながら待っていた。

「すぐにお包みしますので、どうぞお掛《か》けになってお待ちください」

「そんな急がなくていいのよ」

言いながら、彼女はてきぱきとラッピングを始めた薫の手元を興味深そうに見つめた。

「図書館の読書クラブのメンバーへのプレゼントを探してて、ひと目見てこれだって思ったの。フクロウの顔がリアルですごくインパクトがあるわ」

「ええ、アディロンダックに住んでいる陶芸家《とうげいか》の作品なんです。ひとつひとつ、色や表情が違《ちが》うんですよ」

ゴードンと一緒《いっしょ》にオークションに出かけた際、立ち寄ったクラフトショップで見つけたものだ。ひと目で気に入り、さっそく工房《こうぼう》を訪ね、まず手始めにフクロウの顔をかたどったユニークなマグカップを一ダース納入してもらったばかりだ。

「このお店には久しぶりに来たんだけど、こういうアンティーク以外のものも置くようになったのね」

「ええ、今あるアンティークだけでなく、百年後にアンティークとして残るような作品を、才能あるクラフト作家に依頼《いらい》してるんです。最近はどの作家もネット通販《つうはん》してるんですけど、やはり実際に手にとってご覧いただいたほうが、作品の良さが伝わると思いまして」

「そうね。私みたいにネットを見ない人もまだまだいるし」

老婦人と雑談しながら、冬の夜空を描《えが》いた包装紙でマグカップの箱を包んでいく。

このマグカップを目にしたとき、ゴードンは『面白《おもしろ》い作品だが、これでコーヒーを飲みたいかというと微妙《びみょう》だな。顔を近づけたとたん、くちばしでつつかれそうだ』と渋《しぶ》い顔をした。

『だからいいんですよ。迫力《はくりょく》があって、机の上に置いておくと睨《にら》まれてる感じがして』

薫が力説すると、ゴードンは腕《うで》を組んで苦笑《くしょう》した。

『きみがそう言うなら大丈夫《だいじょうぶ》だろう。こういうものに関しては、きみのほうが客の心を摑《つか》むポイントを心得ている』

皮肉ではなく、心からそう言ってくれたのが伝わってきて、すごく嬉《うれ》しかった。

恋人《こいびと》にはなれなくても、ビジネスパートナーとして認めてくれている。

それだけで充分《じゅうぶん》だ――。

「車でお越《こ》しですか？」

綺麗《きれい》にラッピングした箱を紙袋《かみぶくろ》に入れながら、老婦人に尋《たず》ねる。

「ええ、お店の裏に停《と》めてるわ」

「重いので車までお持ちしましょう」

「助かるわ、ありがとう」

老婦人の車のトランクに荷物を積み込んで、彼女が車を発進させるのを見届けてから、薫は店に戻ろうと踵《きびす》を返した。

（……あ）

角を曲がったところでゴードンの姿が目に入り、どきりとする。

一時間ほど前に銀行へ行くと言って外出したので、その帰りだろう。

だが、隣《となり》にいる背の高い赤毛の女性はいったい誰《だれ》なのか……。

彼女の輝《かがや》くような笑顔《えがお》が目に入ったとたん、息が苦しくなる。

（……新しい彼女だろうか）

そうであっても不思議ではない。常連客やインテリアデザイナー、行きつけの店の従業員などなど、時間をかけて知り合える相手はいくらでもいるのだ。

ゴードンの視線がこちらに向けられる前に、さり気なく街路樹の陰《かげ》に身を寄せる。

〈エイプリル・ローズ〉の前までやってきたゴードンが、彼女に「電話するよ」と言うのが聞こえた。彼女は名残惜《なごりお》しそうに、「ええ、会えてよかった。連絡《れんらく》待ってるわ」とくり返している。

彼女が立ち去ると、ゴードンは〈エイプリル・ローズ〉のドアを開けた。

「お先にどうぞ」

にやりと人の悪そうな笑みを浮《う》かべたゴードンに声をかけられ、ぎくりとする。

「……気づいてたんですか」

小さく息を吐きながら、返事をする。

「もちろん」

灰色の瞳《ひとみ》が面白そうに観察しているのがわかって、薫は視線をそらした。

「今さっき、あのフクロウのマグカップが全部売れました」

「全部？　ひとりで全部買っていったのか？」

「そうです。クリスマスプレゼントにするとおっしゃってました」

「すごいな。こんなに早く売れるとは思わなかった」

店内に戻《もど》ると、アビーともうひとりの従業員は接客中だった。ゴードンがアビーに軽く手を挙げてみせ、奥のオフィスへ進む。

「さてと、なんでもきみの質問に答えるぞ」

コートを脱《ぬ》いだゴードンが、ワークチェアに座って両手を広げる。

「……どうしたんですか、急に」

やけに機嫌《きげん》のいいゴードンに、薫は用心しながら尋ねた。

ひょっとして、新しい恋人の惚気《のろけ》話でも聞かされるのだろうか……。

「どうって、きみがすごく訊《き》きたそうにしてるから」

「何をです？」

「とぼけるな。顔に書いてある」

観念して、薫はできるだけうんざりした感じに見えるようにため息をついてみせた。

「社長が期待しているのは、『さっきの女性は誰ですか』という質問ですか？」

「俺が期待しているんじゃなくて、きみが訊きたそうにしている質問だ」

「……どっちでもいいです。で、誰なんですか？」

半ば自棄《やけ》になって、薫は気になっていたことを尋ねた。

「高校の同級生だ。銀行を出たところで偶然《ぐうぜん》会って、互《たが》いの近況《きんきょう》を話していた」

「…………」

「言っておくが、別につき合っていたわけじゃないぞ。ディベートクラブで一緒だっただけだ」

「ディベートクラブ？　社長はアメフトやってたって言ってませんでした？」

「アメフトとディベートと学年委員をやっていた。進学に有利だからな。俺は昔から計算高かったんだ」

ゴードンが得意げに言うので、薫は苦笑した。

「小学校の近くにデンタルクリニックがあるだろう。彼女の父親がやってるんだが、近々引退することになったので、先月こっちに戻ってきたそうだ。彼女も夫も歯科医で、ふたりでクリニックを継《つ》ぐことにしたらしい」

「結婚《けっこん》されてるんですか」

「ああ、子供もいる」

「そうですか」

ほっとして、けれどそれをゴードンに悟《さと》られたくなくて、わざと素っ気なく言う。

「俺が〈エイプリル・ローズ〉を継いだことを知って、アンティークのネックレスの修理を頼《たの》まれたんだよ。一度普通《ふつう》の宝飾店《ほうしょくてん》に修理を依頼したけど、仕上がりに納得《なっとく》がいかなかったからって」

「それならうちの得意分野ですね」

言いながら、薫はパソコンの電源を入れた。

胸のもやもやは半分晴れたが、半分は残っている。

彼女が新しい恋人ではないことはわかったが、他《ほか》に誰かいないとも限らない。訊くなら今がチャンスのような気もするが、なんと言って尋ねていいかわからなかった。

「ところで、クリスマスの予定はもう決まってるか？」

請求書の入力を始めたところで、ふいにゴードンに尋ねられる。

顔を上げると、ゴードンはデスクに肘《ひじ》をついてじっとこちらを見つめていた。

「……特に何も」

正直に答えてから、クリスマスに予定がないことが恥《は》ずかしくなってくる。

（友達のパーティに呼ばれているとでも言えばよかった）

といっても、この町に友達らしい友達はいない。大学時代の友人は就職してロスやシカゴに行ってしまったし、〈エイプリル・ローズ〉の従業員とは親しくしているが、クリスマスを一緒に過ごすほどではない。

恋人がいないことを恥《はじ》だと思ったことはないが、クリスマスをひとりで過ごすことに引け目を感じているのも事実だ。

赤くなって視線をそらすと、ゴードンが唇《くちびる》に笑みを浮かべているのが目の端《はし》に映った。

「それじゃ、俺の実家のパーティに来い」

「…………え？」

「聞こえただろう？　俺の実家だ」

目をぱちくりさせて、薫はゴードンの顔をまじまじと見つめた。

「僕を……社長のご実家のクリスマスパーティに誘《さそ》ってくださってるんですか？」

「そうだ」

「ええと……〈エイプリル・ローズ〉の従業員を全員招待ということですか？」

「いや、他のみんなはそれぞれ家族やパートナーと過ごすだろうから」

「……なるほど。予定のない僕が気の毒になって、誘ってくださったわけですか」

冗談《じょうだん》めかして笑ってみせたが、卑屈《ひくつ》な言い方になってしまった。それが恥ずかしくて、再び赤面してしまう。

「そうじゃない。これは俺にとっても好都合なんだ」

ゴードンが立ち上がり、薫のデスクに歩み寄ってくる。

デスクの端に浅く腰《こし》かけたゴードンに顔を覗《のぞ》き込まれ、薫はどうしていいかわからずに視線を泳がせた。

「弟が婚約者を連れてくるし、妹は夫と子供を連れてくる。俺だけひとりだと、母親が余計な気をまわして近所の若い女性を呼ぼうとするんだ」

「……ああ、そういうことですか」

いったん納得しかけたが、ふと首を傾《かし》げる。

「それなら僕ではなく、誰か女性を誘えばいいのでは？」

「やめてくれ。女性なんか連れて行ったら、母が結婚式はいつにするのかと騒《さわ》ぎ出す」

「これまでにもそういうことがあったんですね」

ぎこちない笑みを浮かべるが、自分で言ったセリフに少々傷ついた。

ゴードンの女性関係を詮索《せんさく》するつもりはなかったが、やはり心の奥底ではひどく気にしていることを思い知らされる。

「うちの母は、ちょっと大袈裟《おおげさ》なんだ。自分が大恋愛《だいれんあい》の末に父と結婚したもんだから、子供たちも皆《みな》それを望んでいると思い込んでいる。高校のとき、彼女を夕食に招待しろと言うのでしぶしぶ従ったら、高校を卒業したらどうするのか、結婚は何歳頃《ごろ》までにしたいかとか、根掘《ねほ》り葉掘《はほ》り訊いて彼女をどん引きさせた」

「……高校生に結婚の話は早すぎますね」

「だろう？　だいたい高校時代の恋人《こいびと》なんて、お互い見栄《みえ》を張るためにつき合っているようなものだ。プロムに行く相手がいないと思われたくなかったり、相手のランクで自分の価値が決まると思っていたり……そのときの彼女も、俺がアメフト部の花形選手じゃなければ洟《はな》も引っかけなかった」

ゴードンの言い方に、薫はかちんと来た。

「それはちょっと同意しかねます。お互い本当に好きでつき合ってるカップルだっていますよ」

「きみにはそういう相手がいたのか？」

「いいえ！　僕の個人的な話は置いといて、社長の恋愛観はなんていうか、すごく擦《す》れてると思います」

だんだん腹が立ってきて、薫は唇を尖《とが》らせた。

どうでもいい相手なら、どのような恋愛観を持っていようが気にならないし、適当に相槌《あいづち》を打つこともできる。

けれど、ゴードンは薫にとって特別な人で……その彼が恋愛を否定するような発言をするのは耐《た》えられない。

ゴードンは薫の反論に腹を立てたふうもなく、いつものようににやりと笑った。

「大学時代の親友にも同じことを言われた。おまえは誰《だれ》かを心から愛したことがないんだろうって」

「…………」

それについてはなんとコメントしていいかわからなくて、口ごもる。

しばし薫の困惑《こんわく》した表情を観察し、ゴードンは満足そうに微笑《ほほえ》んだ。

「話がそれたが、そういうわけで、俺は恋人ができても実家には連れて行かないことにしてるんだ」

「でも……いつか本当に結婚したい相手ができたら連れて行くでしょう?」

「もちろん。ただ、今までの相手はそうじゃなかったというだけの話だ」

「そうですか。早くそういうお相手が見つかるといいですね」

「ああ。俺もそう願ってる。見栄や打算なしに、心から必要だと思える相手ができるのを」

「………」

そのセリフは聞こえなかったふりをして、薫はパソコンのモニターに目をやった。

いつかゴードンにそんな相手ができたらと考えただけで、嫉妬《しっと》でどうにかなってしまいそうだった。

「で、どうなんだ? パーティには来てくれるのか?」

ゴードンに促《うなが》され、薫は目を瞬《またた》かせた。

(どうしよう……行きたいような気もするけど……)

これ以上彼のことを好きになって、つらい思いもしたくない。

「……ちょっと考えさせてください」

熟考の末にそう答えると、ゴードンは「了解《りょうかい》」と言ってくすりと笑った。

4

──家々の庭に雪が積もり、クリスマスツリーやサンタクロースのオブジェが賑《にぎ》やかな彩《いろど》りを添《そ》えている。

車窓から通りの景色を眺《なが》めながら、薫は期待と不安が入り交じった気持ち──不安のほうが九割を占《し》めていたが──を持てあましていた。

子供の頃、クリスマスは一年でいちばん楽しみな行事だった。

いったいいつから、一年でいちばん憂鬱《ゆううつ》な日になってしまったのだろう。

(中学や高校の頃はまだよかった。日本にいたから、こっちほどクリスマス一色って感じじゃなかったし)

大学時代は、クリスマスをひとりで過ごすというだけで変人扱《あつか》いだった。あれこれ言われるのが嫌《いや》で、最初の二年は帰国して家族と過ごしていたのだが……だんだん周囲の目を気にするのが馬鹿馬鹿《ばかばか》しくなって、クリスマスは寮《りょう》で普段《ふだん》どおりミニチュア家具の手入れをしながら過ごすことにした。

パーティに誘ってくれる友人も、いなかったわけではない。けれどアルコールもどんちゃん騒ぎも苦手な薫は、丁重《ていちょう》に断った。キリスト教徒ではないので教会に行っても疎外感《そがいかん》を味わうだけだし、それならひとりで静かに過ごしたほうがいい。

去年、就職した最初の年のクリスマスは、両親が仕事でアメリカに来ていたのでボストンで落ち合って久々に楽しく過ごすことができた。今年も新年の休暇《きゅうか》と合わせて帰国してはどうかと言われていたのだが、日本に帰りたいわけではないし、航空券を買うお金でアンティークショップ巡《めぐ》りをしたかったので辞退した。

(それがまさか、社長の実家に行くことになるなんて……)

ちらりと運転席のゴードンを見やる。

今日は社用車のSUVではなく、ゴードンが個人で所有しているレクサスだ。乗せてもらったのは初めてで、彼のプライベートな車の助手席にいることを意識して緊張《きんちょう》が高まる。

考えてみたら、休日を一緒《いっしょ》に過ごすのも初めてだ。

ざっくりしたブルーグレーのセーターに黒いコーデュロイのズボンというカジュアルな服装のゴードンは、いつものスーツ姿よりも若く見える。それがどうにも落ち着かない気分で、薫は窓の外へ視線を戻《もど》した。

「どうした。今日はやけに大人しいな」

「……え？　ええ、まあ……これでも一応、緊張してるんです」

正直に打ち明けると、ゴードンが声を立てて笑った。

「うちはそんなに堅苦《かたくる》しい家じゃない。お袋《ふくろ》は、俺が初めて従業員を連れてくるっていうんですごく喜んでる」

「え、僕、社長の実家に招かれた部下第一号なんですか？」

「そのとおり。ちなみに今住んでるウォルナッツ・ヒルの家にも従業員はまだ誰も来たことないから、今なら第一号になれるぞ」

「…………」

どう反応していいかわからずに、薫は前を向いたまま固まった。ここは軽く「ええ、ぜひ」と応じるべきなのか、それとも遠慮《えんりょ》するべきなのか……。

しばし考えたのち、さりげなく話題を変えることにして口を開く。

「素敵《すてき》な町ですね。社長はこの町で生まれ育ったんですか？」

「いや、高校までずっとウォルナッツ・ヒルに住んでた。俺が高校を卒業して町を離《はな》れたあと、両親はこの町に引っ越《こ》したんだ。理想の家を見つけたからって」

「そうなんですか……」

「家を探していたわけではなく、偶然《ぐうぜん》出会ったそうだ。家具の買い取りの依頼《いらい》があって行ってみたら、親父《おやじ》が頭に思い描《えが》いていた夢の家そのもので、売り出し中の看板を見てその場で電話して申し込みをしたらしい」

「すごい惚《ほ》れ込みようですね」

「ああ。親父は普段は堅実《けんじつ》で慎重《しんちょう》な質《たち》だったが、そのときは値段がいくらだろうが、どんなに修理費がかかろうが構わないと思ったそうだ。運命の出会いだったと」

「まさにひと目惚《めぼ》れだったわけですか……」

「そうだな。親父の人生で二度目のひと目惚れだ。ちなみに最初はお袋」

「それはすごく……ロマンティックです」

自然と口元に笑《え》みが浮《う》かぶ。

ひと目惚れの恋《こい》を経験したことはないが、そういう出会いに憧《あこが》れる気持ちはある。

「きみは？　人でも物でも、運命の出会いを経験したことあるか？」

運命の出会いと聞いて真っ先に心に浮かんだのは、目の前にいるゴードンだった。

けれどそんなことを口にできるはずもなく、眉間《みけん》に皺《しわ》を寄せて考え込むふりをする。

「ええと……大学のときに最初に見つけたミニチュア家具ですかね……」

薫の返事を聞いて、ゴードンがハンドルを操《あやつ》りながら笑う。

「前にも言ったが、俺はひと目惚れの経験がないんだ。だけど運命の出会いだと思った経験はある。俺の場合、そのときは気がつかなくて、あとからあれがそうだったのかもしれないと気づくパターンだがな。たとえば今では心底惚れているジェイコブの店のローストビーフサンドも、初めて食べたときは上品ぶっててすかした味だと思った。だけどいつのまにか虜《とりこ》になって、今じゃ週に二回は食べないと気がすまない」

「ああそれ、わかります。最初は違和感《いわかん》や反発を覚えたものが、だんだん好きになっていくことってありますよね。僕の場合はカリフォルニアロールがそれです。初めて食べたとき、これはないと思ったんですけど、今じゃ大好物です」

「そういや寿司《すし》や天麩羅《てんぷら》も最初はあまり好きじゃなかった。だけど今じゃ…………なんで俺たち、運命の出会いの話が食べ物の話になってるんだ？」

「社長が空腹になってる証拠《しょうこ》ですね」

そう言うと、ゴードンが笑いながら大きく頷《うなず》いた。

「きみは本当に俺のことよくわかってるな」

「一年以上そばで見てきましたから」

「俺も、きみのことはだいたいわかるようになった」

ゴードンの言葉にどきりとし、薫は頬《ほお》がじわっと熱くなるのを感じた。しかしそうと気取られないように、わざと顔をしかめる。

「本当に？」

「ああ。そのバッグに、念のためにシリアルバーを用意してきてるだろう。自分のためじゃなく、俺が腹が減っていらいらしたときのために」

「ええ、たった四十分のドライブでも、万が一車が故障したときのことを考えると用意しておかざるを得ません」

言い当てられて、苦笑《くしょう》しながら頷く。以前は飴《あめ》やガムすら持ち歩いたことがなかったのに、今ではバッグに最低でも三つはシリアルバーやチョコバーが入っている始末だ。

「きみほど俺の扱い方を心得ているアシスタントはいないな」

「次のアシスタントも、そういう人が見つかるといいですね」

「え……？」

ゴードンが勢いよく振《ふ》り向いたので、薫は面食《めんく》らって目を瞬かせた。

「ちょっと、前見て運転してください！」

「どういうことだ？　辞《や》めるつもりなのか？」

「違《ちが》いますよ。そうじゃなくて、初めからそういう話だったでしょう？　しばらくあなたのもとで修業《しゅぎょう》して、いずれは日本支社を任せたいと」

「ああ、その話か……」

　ゴードンが視線を前に戻し、ハンドルを握《にぎ》り直す。

「そういえば、日本支社起《た》ち上げの話ってどうなってます？　半年くらい前に、東京《とうきょう》ではなく神戸《こうべ》か横浜《よこはま》にしたいっておっしゃってましたけど」

　このままゴードンのそばに居続けたら、ますます好きになってしまう。いずれは彼に運命の相手が現れるのを目《ま》の当たりにしてしまうかもしれない。

　つらい思いをする前に、距離《きょり》を置いたほうがいい。

　今の仕事に不満はないし、日本支社への転勤を切に望んでいるわけではないが、〈レイクサイド・イン〉の一件以降、薫は転勤のことを考えるようになった。

「いろいろ考えてはいるが、具体的にはまだ何も決まってない」

　ゴードンが硬《かた》い口調で言う。

「その件についてはまたオフィスで話そう。……ああ、見えてきた。あそこだ」

「あれですか？　うわあ……」

　木立の向こうに見えてきた家に、薫は思わず歓声《かんせい》を上げた。

小高い丘《おか》に建つ家は、大きな湖を見渡《みわた》せる絶好のロケーションだ。夕闇《ゆうやみ》に浮かび上がるアーリーアメリカンスタイルの屋敷《やしき》は、開拓《かいたく》時代の力強さと素朴《そぼく》さを備え、周囲の風景との調和も見事だった。

玄関脇《げんかんわき》のうっすら雪が降り積もった樅《もみ》の木、大きな木の扉《とびら》に飾《かざ》られた素朴な柊《ひいらぎ》のリース……窓から漏《も》れる明かりが、まるで絵のように美しい。

実際目の当たりにしてみると、ゴードンの父親がひと目惚れしたというのも頷ける。

日本支社のことはしばし頭から払《はら》いのけて、薫はこの素晴《すば》らしい家で過ごすクリスマスを楽しもうと心に決めた。

「こんばんは。今日はお招きくださってどうもありがとうございます」

「いらっしゃい。あなたが薫ね。ゴードンから聞いてるわ。さあさあ、入って。外は寒かったでしょう」

ミセス・ゼルニックは、満面の笑みで薫を歓迎《かんげい》してくれた。

淡《あわ》いブルーの瞳《ひとみ》、きちんとアップにした栗色《くりいろ》の髪《かみ》……優《やさ》しげな顔立ちは、ゴードンとはあまり似ていない。ほっそりした体に明るいブルーのワンピースをまとっており、ヒールの分を差し引いても百七十センチの薫よりも優に五センチは背が高そうだ。

「これ、お土産《みやげ》です」

「どうもありがとう。まあ……写真で見るよりずっと綺麗《きれい》ね。ああ、男の子に綺麗だなんて失礼だったかしら。でもほんと、日本人形みたい」

薫の手土産のワインを受け取りながら、ミセス・ゼルニックがまじまじと薫の顔を見つめる。

「……それはどうも……初めて言われました」

「本当に？　まあそうね。ゴードンがそういうこと言ったら、セクハラになっちゃうものね」

「母さん」

ゴードンが、渋《しぶ》い表情で母親をたしなめる。

「はいはい、余計なことを言うなって言うんでしょう。いつもこうなの。私が正直だから、ゴードンははらはらしてる。思ったことはすぐに口に出さずに十秒考えろって」

「ああそれ、僕も父に言われたことがあります」

「あらほんとに？　あなたとは気が合いそう」

明るく快活な女性は苦手なことも多いのだが、ミセス・ゼルニックは薫に警戒心《けいかいしん》を抱《いだ》かせることなくすんなりと心に入り込んできた。

優雅《ゆうが》で上品な物腰《ものごし》のせいかもしれない。お世辞ではなく心から歓迎してくれていることが伝わってきて、薫は心が温かくなるのを感じた。

「さあ来て。紹介《しょうかい》するわ」

玄関ホールの隣《となり》にある客間に通されると、暖炉《だんろ》のそばで三人の親子がくつろいでいた。

「初めまして、カオル・ササガワです。ゴードンのアシスタントをしています」

「ゴードンの妹のケイトよ。夫のザックと、娘《むすめ》のエミリー。こないだ四歳になったばかりなの」

ケイトが笑顔で家族を紹介してくれる。ケイトはゴードンに似ており、意志の強そうな華《はな》やかな美人だった。ザックはインドか中東の血を引いているらしく、エキゾチックな顔立ちのハンサムだ。そんなふたりの娘であるエミリーは、早くも類《たぐ》い希《まれ》なる美少女ぶりを発揮している。

「初めまして。ゴードンがこの家に誰《だれ》か連れてくるなんて初めてだ」

ザックの少々戸惑《とまど》ったような表情には、「このふたりはプライベートでもパートナーなんだろうか……？」という疑問がありありと浮かんでいた。

「僕がクリスマスをひとりぼっちで過ごすのを知って、気の毒に思って連れてきてくださったんですよ」

誤解されないように、急いで説明する。

「それにしても画期的よ。兄さんが、この家に誰かを連れてくるなんて……」

ケイトがザックの言葉をくり返して感心するので、薫は困ってしまった。ケイトの顔にははっきりと「本当はつき合ってるんでしょう？」と書いてある。

「俺も少しは丸くなったってことだ。エミリー、しばらく見ない間に大きくなったな」

「去年伯父《おじ》さんがくれた自転車、乗れるようになったんだよ」

ゴードンに抱き上げられて、エミリーが嬉《うれ》しそうに報告する。

「すごいな。ぜひ乗りまわしているところを見せてもらいたいが、あいにく外は雪だ。そこで、今年は雪の中でも遊べるものを用意してきたぞ」

「ほんとに？　ありがとう！」

言いながら、エミリーの茶色い瞳は薫のほうをちらちらと興味深そうに見ていた。伯父が初めて家に連れてきた外国人の青年に興味津々《きょうみしんしん》なのだろう。

「……オリガミ、作れる？」

ふいにエミリーに問いかけられて、薫は慌《あわ》てて頷いた。

「え？　ああ、折り紙ね。うん、作れるよ」

「あのね、こないだテレビで見たの。動物とか、鳥とか……」

「任せて。折り紙はわりと得意なんだ」

「よかったわね、エミリー。実はゴードンからあなたを連れてくるって聞いて、心待ちにしてたの。日本人ならオリガミ作れるだろうって。何か紙を用意するわ。包装紙とかでもいい？」

「ええ、構いません」

エミリーをそっと床《ゆか》に下ろして、ゴードンが呟《つぶや》く。

「オリガミか。俺も作るのは初めてだ」

「伯父さんも一緒《いっしょ》に作るの？」

「ああ。今日は俺が薫のアシスタントだ」

ゴードンの言葉に、薫は目をぱちくりさせた。まさかゴードンも折り紙作りに参加するとは思わなかったが……一緒に遊ぶ人数は多いほど楽しい。

「それじゃあまずはアシスタント氏に、この包装紙を正方形に切り分けてもらいましょう」

ケイトから受け取った包装紙を広げ、わざともったいぶった口調で言う。

「お安いご用です、ご主人さま」

ゴードンも調子を合わせ、恭《うやうや》しげに包装紙を受け取る。

ふたりの小芝居《こしばい》にエミリーがくすくす笑い、薫もすっかりリラックスした気分で微笑《ほほえ》んだ。


——その後到着《とうちゃく》したゴードンの弟アダムとその婚約者《こんやくしゃ》ミランダも加わり、午後のお茶は賑《にぎ》やかで楽しいひとときとなった。

「あのね、薫ってすごいの。白鳥とか恐竜《きょうりゅう》とか、それにお花も作れるんだよ！」

エミリーが興奮気味にまくし立てるので、薫は少々照れくさくなってしまった。

けれど、こんなに喜んでもらえるなんて、すごく嬉しい。

「さっき私も見せてもらったけど、素敵《すてき》だったわ。ほんと器用なのね」

紅茶のカップを置いて、ミランダが同意する。

ミランダは、赤毛のカーリーヘアに眼鏡《めがね》の似合う個性的な女性だった。ロサンゼルスの美術館の職員で、アダムとは既《すで》に同棲《どうせい》中らしい。

「薫にこんな特技があるとは知らなかった。履歴書《りれきしょ》には何も書いてなかったぞ」

ゴードンが真面目《まじめ》な口調で言って、にやりと笑う。

薫がエミリーに折り方を教える横で、ゴードンも正方形の包装紙と悪戦苦闘《あくせんくとう》していた。残念しされていた。

ながら折り紙の才能はなかったようで……できあがった作品はどれもエミリーに厳しく駄目出《だめだ》

「僕も自分にこんな特技があったことをすっかり忘れてました。小学生のときに一時期はまっていろいろマスターしたんですけど、結構折り方忘れてて……」

「いやいや、あれだけ作れたら大したもんだよ。履歴書に堂々と書ける特技だ」

ザックが言うと、ケイトも頷《うなず》いた。

「うちは母さんは手芸が得意だけど、残念ながら私たちきょうだいは器用さとは無縁《むえん》なの」

「だけど僕たちのパートナーはみんな器用だ。ザックは日曜大工でなんでも作ってしまうし……ほら、エミリーのドールハウスとかさ。ミランダはアクセサリーを自分で作っちゃうんだ」

「あら、今してるネックレスとピアスもそうなの？」

ミセス・ゼルニックがさっそく興味を示す。

「ええ。祖母がこういうの得意で、高校生のとき教わって以来、アクセサリーはほとんど自作なんです」

「すごく素敵。あとでよく見せて」

「私も見たい！」

エミリーも興味津々といった様子で身を乗り出す。

ミランダは前にもこの家に来たことがあるらしく、ケイトやエミリー、ミセス・ゼルニックとはすっかり打ち解けている様子だった。

女性陣が手芸談義を始め、テーブルが賑やかになる。折り紙の話がそれて、薫は内心ほっとしてケーキを口に運んだ。

こういう席で話題の中心になるのは慣れていない。それに、このメンバーの中で唯一《ゆいいつ》ゼルニック家の一員ではないことも、遠慮《えんりょ》と緊張《きんちょう》を生んでいた。

「アダムは最近どうだ、仕事は」

ゴードンが、五つ年下の弟に問いかける。

アダムはカリフォルニアの大学を卒業後、映画会社に就職して広報を担当しているという。人懐《ひとなつ》こい性格に母親譲《ゆず》りの優《やさ》しげな顔立ちで、ゴードンとはあまり似ていなかった。

「順調だよ。こないだ僕が担当した映画、かなりヒットしたんだ。ソーシャルネットワークを駆《く》使《し》した広報の手腕《しゅわん》も評価されたから、次は大好きな監督《かんとく》の新作の広報チームに加われるかもしれない」

「その映画って、こないだ言ってたルーマニア出身の監督のやつ？　同僚《どうりょう》がニューヨークの映画祭で観《み》たって言ってた。いい作品だって褒《ほ》めてたよ」

ザックが相槌《あいづち》を打つ。

ザックはボストン近郊《きんこう》の町の大学病院に勤務する外科医《げかい》で、ケイトとは、彼女が大学時代に交通事故で怪我《けが》をしたことがきっかけで出会ったらしい。ケイトは卒業後ボストンで就職し、来年は第二子出産のために産休を取る予定だという。

「そうそう、それ。日本でも公開が決まったんだ。薫、映画は好き？」

アダムに問われて、薫は宙を見上げてしばし考えた。

「ええと……ハリウッド超大作《ちょうたいさく》って感じのはあんまり観ないんですけど、主人公が地味で冴《さ》えなくてオタクだと共感できるので、そういうのは好きです」

「ああ、薫とは趣味《しゅみ》が合いそう。僕もそういうの好きなんだ。たとえば……」

アダムがいくつか映画名を挙げる。知っている作品ばかりで嬉しくなって、薫は「それ、観ました」とか「すごく好きな映画です」と頷いた。

「聞いたことのない映画ばかりだ」

話に入れないゴードンが、幾分《いくぶん》不満そうに唇《くちびる》を尖《とが》らせる。

それを見て、アダムが可笑《おか》しそうにくすくすと笑った。

「兄貴は僕とは趣味が正反対なんだ。繊細《せんさい》な心の機微《きび》を描《えが》いたような作品は絶対観なくて、アクションとか冒険《ぼうけん》ものとか、マッチョなヒーローが活躍《かつやく》する映画しか観ない」

アダムの指摘《してき》に、ゴードンの眉間《みけん》の皺《しわ》がますます深くなった。

「……そう言われると、なんだか自分が底の浅い人間に思えてくるな」

「ええっ？　冗談《じょうだん》だろう？　兄貴がそんなこと言うなんて」

アダムが大きく目を見開いて、少々大袈裟《おおげさ》な仕草で驚《おどろ》いてみせる。

「そんなことないですよ。娯楽《ごらく》作品の趣味は人それぞれです。大学時代、難解なフランス映画を好んで観ていることを自慢《じまん》していた同級生がいましたが、彼自身は見栄《みえ》っ張りで浅はかで人間的な魅力《みりょく》のない人でした。社長は全然違《ちが》います。社長は……」

一生懸命《いっしょうけんめい》ゴードンを擁護《ようご》しようと言葉を探していた薫は、アダムとザックが呆気《あっけ》にとられた顔をしていることに気づくのが遅《おく》れてしまった。

しかも、女性陣までもが面食《めんく》らったような表情で薫に注目している。

「……ええと、つまり、映画の好みと人間性は関係ないってことです」

真っ赤になって俯《うつむ》くと、テーブルを囲んでいた面々が笑顔《えがお》になった。

「いやいや、薫は素晴《すば》らしいアシスタントだ。傲慢《ごうまん》で横柄《おうへい》な兄貴のいいところをちゃんとわかってくれてる」

「本当に。俺もこれくらい部下に慕《した》われてみたいよ」

アダムとザックにおだてられ、ゴードンもまんざらでもなさそうな様子だった。薫に意味ありげな視線を向けて、人の悪そうな笑みを浮《う》かべている。

(うう……またなんかからかわれそう……)

目をそらし、薫はついむきになってしまったことを反省した。

お茶のあと、ケイト一家とアダムとミランダは、雪だるまを作ると言って庭へ出た。

薫も手伝おうとコートを手にしたところ、ミセス・ゼルニックに呼び止められた。

「薫、あなた、アンティークが好きなんですって？　私のコレクションをお見せするわ」

「ぜひ、拝見したいです」

この家に入った瞬間《しゅんかん》から、ひとつひとつの家具をじっくり見たいと思っていた。コートを置いて、いそいそとミセス・ゼルニックのあとに続く。

「まずは玄関《げんかん》ホールからね。これはイギリスの蚤《のみ》の市で見つけたものなの」

乳白色のガラスのランプシェードを、夫人が愛《いと》おしげに撫《な》でる。

「ここに入ってすぐに目に飛び込んできました。ほんの少し紫《むらさき》が混じったような色合いが、とても素敵です」

「私もこの色にひと目惚《めぼ》れだったの。こういうのが好きなら、あっちの部屋にも……」

ミセス・ゼルニックが客間のほうへ行こうとするのを、ゴードンが苦笑《くしょう》しながらたしなめる。

「母さん、落ち着いて。玄関から順に見てまわればいいだろう」

「あらゴードン、あなたもいたの。普段《ふだん》は私がコレクションの説明をしようとしても、全然興味なさそうなのに」

言いながらゴードンを見上げたミセス・ゼルニックが、ふと悪戯《いたずら》っぽい笑みを浮かべて薫のほうを振《ふ》り返った。

「ゴードンは心配してるのよ。私が子供時代の悪戯や失敗を、あなたにこっそり教えるんじゃないかと思って」

「それ、ぜひ聞きたいです」

「勘弁《かんべん》してくれよ……。暴露《ばくろ》される前に言っておくが、そこの柱時計にサッカーボールをぶつけてへし折ったくらいだ」

「ええっ、折っちゃったんですか?」

目を見開いて柱時計を見上げると、ミセス・ゼルニックが声を立てて笑った。

「そう、見事にへし折ったわ。亡《な》くなった夫が頑張《がんば》って元どおりに直したのよ。ほら、近くでよく見るとひびの跡《あと》がわかるでしょう」

「本当だ」

子供の頃《ころ》のゴードンがへし折ったという柱時計の傷跡《きずあと》を、薫はそっと指先で触《ふ》れてみた。

「俺が何か壊《こわ》すたびに母さんは泣いたり怒《おこ》ったりしてたけど、親父《おやじ》はいつも平然としてたな。『大丈夫《だいじょうぶ》、俺が直すから心配するな』って」

「そうそう、あの人はいつも泰然《たいぜん》としてた。私が姑《しゅうとめ》からもらった大事なお皿を粉々に割ってしまったときも、『気にするな。形あるものはいつか壊れるものだ』って慰《なぐさ》めてくれたわ」

「素敵《すてき》なかただったんですね……」

「ええ、あの人は本当に素晴らしいパートナーだった」

ミセス・ゼルニックが、懐《なつ》かしそうに目を細める。

「薫、気をつけろよ。放《ほう》っておくと一晩中惚気《のろけ》話を聞かされる羽目になるぞ」

「惚気話でもなんでも、〈エイプリル・ローズ〉創業にまつわるお話はぜひ伺《うかが》いたいです、ミセス・ゼルニック」

「もちろんよ。それと、ミセス・ゼルニックではなくエイプリルと呼んでちょうだい」

「……あ、もしかして、店の名前……」

「あら、ゴードンに聞いてない？　そうなの、夫は店に最愛の妻の名前をつけてくれたのよ」

「知らなかったです……」

初めて聞いた店名の由来に、心がじんわりと温かくなる。

「夫はアンティークに興味はなかったんだけど、私が昔から大好きで、結婚《けっこん》してから週末になるとあちこちのガレージセールに連れまわしてたの。そのうち夫もすっかりアンティークの虜《とりこ》になっちゃって、ついには勤めていた会社を辞《や》めて、アンティークショップを開くことになって……。サイトのお店の紹介《しょうかい》のところにこのエピソードを載《の》せてくれって頼《たの》んでるんだけど、この子ったら恥《は》ずかしがって載せてくれないのよ」

「そういう個人的で感傷的なエピソードは、大々的にサイトなんかに載せるもんじゃない」

ゴードンの素っ気ない言葉に、ミセス・ゼルニックがいささか傷ついたように眉根《まゆね》を寄せる。

慌《あわ》てて薫は、ゴードンの真意を説明しようと口を開いた。

「ええとつまり、社長が言いたいのは、そういう大切な思い出は胸にしまっておいたほうがいいですよってことだと思います。サイトは世界中からいろんな人がアクセスしますから、中には他人の幸せなエピソードが気に障《さわ》る人もいるんです。僕も問い合わせメールの対応をしてて、ちょっとした言いまわしにまで難癖《なんくせ》をつけられることがあって、なんていうかネット上の言葉には本当に気を遣《つか》いますから」

早口でまくし立てると、ミセス・ゼルニックがふうっとため息をついた。

「……ま、それも一理あるわね。キルトクラブの友達がブログに娘《むすめ》の結婚式のことを書いたら、見ず知らずの人から不愉快《ふゆかい》なコメントが来たって腹を立ててたし」

「そうそう、なんでもネットに載せるもんじゃない。大事なことは特に、取扱《とりあつかい》注意だ」

「初めからそう言ってくれればいいのに。意地悪で載せてくれないのかと思っちゃったじゃないの」

「違う。そんなつもりはない」

ゴードンが否定すると、ミセス・ゼルニックはため息をついた。

「薫がアシスタントになってくれて本当によかったわ。ゴードンには、言葉足らずを補ってくれる人が必要よ」

「……光栄です」

ミセス・ゼルニックの言葉に、薫は顔が熱くなるのを感じた。彼女は何気なく言ったのだろうが、好きな人の母親に褒《ほ》められるというのはすごく嬉《うれ》しい。

ゴードンが何か言おうと口を開きかけたそのとき、玄関のドアがばたんと開いた。

「兄貴！　確か納屋《なや》に大きいシャベルがあったよな？　どこにあるかわかる？」

顔を覗《のぞ》かせたのはアダムだった。雪だるま作りに本腰《ほんごし》を入れることにしたらしい。

「ああ、今行く」

ダウンジャケットを羽織って、ゴードンが庭へ出て行く。

玄関ホールには薫とミセス・ゼルニックが取り残され、どちらからともなく顔を見合わせて微笑《ほほえ》んだ。

「薫、こっちに来て」

ミセス・ゼルニックが客間に移動し、暖炉《だんろ》の前のソファに座るように促《うなが》す。

そして自分も隣《となり》に腰《こし》かけて、青い瞳《ひとみ》でじっと薫を見つめた。

「ゴードンは昔から、他人にどう思われるか気にしない子だったわ。自分がなんでもできるタイプだったから、他人に対して厳しかったり、自信家に見えたり……威張《いば》っていて鼻持ちならないやつだと思われることもしばしばだった。親の私でさえ、ときどきかちんと来ちゃうくらいね」

「……なんとなく、目に浮かびます」

「でしょう？　大人になってからもあまり変わってないから、多分会社では皆《みな》に傲慢で横柄だと思われてるんでしょうね」

「ええとそれは……強いリーダーシップを発揮している、とも言います」

薫がフォローすると、ミセス・ゼルニックは声を立てて笑った。

「ねえ、知ってる？　あの子は〈エイプリル・ローズ〉を継《つ》ぐ前、ニューヨークの大手証券会社に勤めていたの」

「ええ、アビーからちょっと聞いたことがあります」

「母親の私が言うのもなんだけど、エリート街道《かいどう》まっしぐらだったわ。同期でいちばん早く昇《しょう》進《しん》して、ええと……なんだったかしら、何かのチームのリーダーを任されるほどだった」

ミセス・ゼルニックの視線が、ゆっくりと暖炉の炎《ほのお》のほうへ向けられる。

「そんなある日、夫が事故で急逝《きゅうせい》したの。正直、当時のことはあまりよく覚えてないわ。まるで悪い夢を見ているようで……気がついたらお葬式《そうしき》が終わってた。数日後、ようやく現実に戻《もど》って、すべてを取り仕切ってくれたのがゴードンだったと知った。仕事で忙《いそが》しいはずなのにニューヨークから飛んできてくれて、親戚《しんせき》への連絡《れんらく》やお葬式の手配やら全部やってくれて……」

ミセス・ゼルニックが今にも泣き出すのではないかと薫ははらはらしながら見守ったが、振り向いた彼女は穏《おだ》やかな笑《え》みを浮《う》かべていた。

「お店をどうするか、私は全然考えてなかった。販売《はんばい》の手伝いをしてはいたけれど、経理の知識もないし、何もかも夫に任せていたの。当時膝《ひざ》を少し悪くしていたこともあって、お店はたたもうと思ったのよ。ゴードンはニューヨークで成功していたし、ケイトもボストンでザックと一緒《いっしょ》になる決意を固めていたし、アダムは昔からの夢だった映画業界への道が拓《ひら》けたばかりだったし……」

ふうっと息を吐《は》いて、ミセス・ゼルニックが膝の上で手を握《にぎ》り合わせる。

「そしたら、ゴードンが自分が継ぐと言い出したの。すごく驚《おどろ》いたわ。あなたも知ってのとおり、ゴードンはアンティークに興味はないし、小さな町のお店を継ぐだなんて想像もできなくて。だから私は言ったの。無理して継がなくていいわよって。そしたらあの子、今店をたたんだら、従業員が困るだろう、って。販売員、家具の修理職人……当時従業員は五人いて、皆家族を養っていた。これまで親父を支えてくれていた従業員たちを、失業させるわけにはいかないと」

「……それは知りませんでした……」

「でしょうね。あの子はそういう〝感傷的なエピソード〟を表に出すのを嫌《いや》がるから」

ミセス・ゼルニックが悪戯っぽい笑みを浮かべて薫を見やる。

「人には決して見せようとしないけど、ゴードンは根は優《やさ》しくて思いやりのある子なの。いつもゴードンのそばにいるあなたには、そのことを知っていてもらいたくて」

「…………」

ミセス・ゼルニックの手が、薫の右手に重ねられる。

その手に自分の左手を重ねて、薫は青い瞳を見つめてしっかりと頷《うなず》いた。

その晩は、とても楽しいひとときとなった。

プレゼントを贈《おく》り合い、皆で写真を撮《と》り……エミリーは八時にベッドに連れていかれていささか不満そうだったが、大人たちはゆっくりとクリスマスディナーを楽しんだ。

(来る前は不安だったけど、来て本当によかった……)

食事のあと、ゴードンとアダムが後片づけを申し出たので、薫とザックもそれを手伝った。

客間では女性陣がコーヒー片手に手芸の話で盛り上がっていたようだったが、それもまもなくお開きになった。

ケイト一家は、ザックに翌日の夜勤のシフトが入っているため、早めに出発してボストンに戻らなくてはならないとのことで、早々に寝室《しんしつ》に引き上げた。アダムとミランダもロサンゼルスからの長旅で疲《つか》れているらしく、ケイト一家に続いて寝室へ向かった。

「私ももう寝《ね》るけど、あなたたちはゆっくりしててちょうだい。薫、夜の湖も素敵《すてき》なのよ。今夜は月夜だから、ここからもよく見えるわ」

そう言ってミセス・ゼルニックも寝室へ引き上げてしまい……薫はゴードンとふたり、客間に取り残されてしまった。

「……っ」

ゴードンと目が合った瞬間《しゅんかん》、〈レイクサイド・イン〉での一夜が鮮《あざ》やかによみがえる。

赤くなった頰《ほお》を見られないように、薫は慌てて窓辺に寄って夜の湖を眺《なが》めるふりをした。

(落ち着け……あれは単なるアクシデントだ。もう二度とあんなことは起こらない)

幸いゼルニック邸《てい》のベッドルームの数には余裕《よゆう》があり、薫に割り当てられた部屋はゴードンの寝室から離《はな》れている。ドアに鍵《かぎ》がついていないことが気になったが、それを気にするのはいくらなんでも自意識過剰《かじょう》というものだろう。

「じゃあ、僕もそろそろ……」

寝ますと言って寝室に引き上げようとすると、それを遮《さえぎ》るようにゴードンが目の前に立ちはだかった。

「薫、コートを取ってこい。湖を見に行こう」

「……え？　今からですか？」

「そうだ。せっかく来たのに見ないで帰るなんてもったいないぞ」

「……………」

月夜に湖を見に行くなんて、ロマンティックすぎやしないだろうか。

部下の自分がクリスマスに社長の実家に招かれたというだけでもどうかと思うのに、これ以上何かあったら期待してしまいそうで怖《こわ》い。

それでもすぐに断ることができなくて、視線を左右に揺《ゆ》らしながら躊躇《ちゅうちょ》していると、ゴードンが苦笑《くしょう》した。

「俺が狼《おおかみ》男《おとこ》に変身するんじゃないかって心配してるのか？　大丈夫《だいじょうぶ》、取って食ったりはしない」

「そういう心配はしてません」

「じゃあ何が心配だ？」

「……社長が凍《こお》った湖でスケートしようとか言い出すんじゃないかと」

わざと渋面《じゅうめん》を作って言うと、ゴードンが声を立てて笑った。

「俺もそこまで無謀《むぼう》じゃない。いいからコートを取って来い」

「…………はい」

促されて、薫は急いで寝室にコートと手袋《てぶくろ》を取りに行った。

頭の中ではこれ以上深入りするなと警鐘《けいしょう》が鳴っていたが、ゴードンと一緒に月明かりの湖を眺めるという機会をみすみす逃《のが》すことなどできそうになかった――。

ポーチに出ると、薫は冷たく澄《す》んだ空気を胸いっぱいに吸い込んだ。新鮮《しんせん》な空気が頭の中をクリアにして、森の匂《にお》いが心を落ち着かせてくれる。

「雪の下が凍ってるかもしれないから気をつけろよ」

言いながら、ゴードンが懐中《かいちゅう》電灯で足元を照らしてくれた。

「はい……」

慎重《しんちょう》に手すりを摑《つか》みながら、ポーチの階段を下りる。

先ほどまで降っていた雪はやみ、あたりは静寂《せいじゃく》に包まれていた。

「こっちだ」

ブーツで新雪を踏《ふ》みしめながら、ゴードンと並んで歩く。なだらかな坂道を下っていくと、まもなく湖の縁《ふち》が見えてきた。

「あそこに小さい桟橋《さんばし》があるだろう。夏はあそこからカヌーを出すんだ。お袋《ふくろ》は乗らないから、俺かアダムが帰ってきたときしか出さないんだが。きみはカヌーに乗ったことある？」

「ええ、子供の頃《ころ》にサマーキャンプで」

「大人になってからは？」

「そういえばサマーキャンプ以来全然乗ってないですね……そういう機会がなかったので」

「じゃあ夏にまたここに来よう。カヌーに乗って、庭でバーベキューをして。釣《つ》りもできるぞ」

「……楽しそうですね」

ええぜひ、とは言わずに、薫は言葉を選んで答えた。

ゴードンとカヌーに乗ったり釣りをしたりするのは楽しそうだが、これ以上社長とアシスタントという枠《わく》からはみ出すのはまずい気がする。

（そのうち僕も日本支社に転勤になるし、そうしたら社長とも距離《きより》を置けるようになるんだけど……）

その日が早く来ることを祈《いの》りつつ、心の奥底ではその日が永遠に来ないことを望んでいる。

自分でもどっちが本心なのかわからなくて、この問題を考えるたびに頭と心が混乱してしまう。

「うわあ……すごく綺麗《きれい》」

坂を下りきって湖のそばまで来ると、薫は感嘆《かんたん》の声を上げた。

湖面に映った月が、ゆらゆらと揺らいでいる。落葉松《からまつ》の林に囲まれた湖は、まるで一幅《いっぷく》の絵のように美しい。

「ここから見る景色は、どの季節もそれぞれにすごくいいんだ」

「お父さまがあの家にひと目惚《めぼ》れしたのは、この景色も込みだったんでしょうね」

「そう。子供の頃、窓から湖を見下ろせる家に住むのが夢だったらしい」

「夢が実現したんですね……」

「ああ、そうだな」

しばし会話が途切《とぎ》れ、白い息を吐きながらふたりで夜の湖に見入る。

「……薫。行きがけに、日本支社起《た》ち上げの話をしてただろう」

「え？　ああ、はい」

ふいに話しかけられて、隣《となり》に立つゴードンを見上げる。

「そのことなんだが……実はちょっと迷ってるんだ」

「……何をですか？」

ゴードンが薫のほうへ向き直り、珍《めずら》しく落ち着かない様子で視線をさまよわせた。

「きみが来てくれたおかげで、日本への輸出業務はかなりスムーズにことが運ぶようになった。日本の運送業者とも細かいやりとりができるようになったし、顧客《こきやく》との連絡《れんらく》ミスもなくなったし、本当に、予想以上にうまくいってる」

「……それはどうも、ありがとうございます」

「ちょっと前から思ってたんだ。これなら、わざわざ支社を作る必要がないんじゃないかと」

「…………」

「きみには申し訳ないと思っている。日本支社起ち上げを想定して、いずれ支社を任せたいと言って採用したんだからな。約束を破ったと言われても仕方がない」

「ええとその……それはもう、決定したことなんですか？」

「とりあえずはな。今後どうなるかはわからないが、現時点では日本支社起ち上げの話は白紙に戻《もど》したいと思ってる」

「……そうですか」

湖面に視線を移して、薫は小さく呟《つぶや》いた。

素っ気ない言い方になってしまったが、内心はひどく動揺《どうよう》していて、混乱していた。

(日本支社の話が白紙？　ってことは、このままゴードンと一緒《いっしょ》に働くことに……？)

自分が喜んでいるのか悲しんでいるのかもよくわからなかった。今はただ、呆然《ぼうぜん》と立ち尽《つ》くすばかりだ。

「どうだろう、俺としては、このままうちで働いてもらいたいんだが」

「……え？」

ぼんやりしていた薫はゴードンの言葉を聞き逃し、慌《あわ》てて顔を上げた。

「今のまま、アシスタントを続けて欲しい。きみはどうしたい？」

ゴードンが淡々《たんたん》と、だが力強く、語りかけてくる。

「……このままアシスタントを続けたいです。この仕事、すごく好きなので」

考えるよりも先に、言葉が口から出てしまった。

言ったあとで本当によかったのだろうかと思い返すが、今はこの選択《せんたく》しか考えられない。

「よかった。ほっとしたよ。約束が違《ちが》うと言って辞《や》められたらどうしようかと思ってた」

ゴードンが、心から安心したように笑顔《えがお》になる。

少なくともビジネスのパートナーとしては必要とされていることがわかって、薫も口元に笑みを浮《う》かべた。

「僕は、日本で働きたいという強い希望を持ってるわけじゃないんです。初めてウォルナッツ・ヒルに来たとき、こんな素敵《すてき》な町で働けたらどんなにいいだろうって思いましたから」

「ああ、あそこはいい町だ」

「ええ、素敵な町です」

ふと薫は、ミセス・ゼルニックから聞いた話を思い出した。

「社長は……〈エイプリル・ローズ〉を継《つ》ぐ前は、ニューヨークの証券会社で働いていたそうですね。大都会での生活が恋《こい》しくなったりしないんですか？」

「最初はそれを心配してた。刺激《しげき》のない生活に耐《た》えられるだろうかって。だけど毎日忙《いそが》しくて、それどころじゃなかったな。覚えることがたくさんあったし、販路《はんろ》も拡大したかったし。しょっちゅうオークションやら買い取り依頼《いらい》やらで出かけてるから、マンハッタンのオフィスにこもってたときよりも活動的な生活だ」

「じゃあ、今の生活に満足してます？」

「ああ。つき合いで飲みに行くこともなくなって、夜は早く寝《ね》るようになったしな。高い会費を払《はら》ってスポーツジムに行くより、早起きしてジョギングしたほうがよっぽどいい」

薫がじっとゴードンの顔を見上げると、ゴードンは苦笑した。

「認めるよ。俺は都会的な生活には向いてなかったんだ。朝起きて、森の香《かお》りのする新鮮な空気を吸わないと調子が出ない」

「意外です。社長は都会派かと思ってました」

「若い頃はそうだと思ってた。田舎《いなか》で育ったから、都会に憧《あこが》れてたんだな。けどまあ、ニューヨークはもう充分《じゅうぶん》味わったから、正直言うと今では仕事で行くのも気が進まないんだ」

「実を言うと、僕もです」

「本当に？　それなら俺たちがわざわざニューヨークに行かなくても、用のある人間にウォルナッツ・ヒルに来てもらえばいいってことだな」

「ぜひ、そうしてもらいたいですね」

言いながら、冷えてきた体をぶるっと震《ふる》わせる。

「そろそろ戻るか」

さりげなく肩《かた》に手をまわされて、薫はびくりとした。

「名残惜《なごりお》しいですが、そうしましょう」

言いながら踵《きびす》を返し、さりげなくゴードンの手から逃《のが》れる。

（……これまで以上に、社長と距離を置くようにしないと）

いずれは日本支社に転勤になるから、必然的に距離ができると安心していた。

支社の話がなくなった今、ゴードンとのつき合い方を考え直さなくてはならない。

（今回の誘《さそ》いも、断ったほうがよかったんだろうな……）

来年のクリスマスは日本で迎《むか》えることになるかもしれない、これがゴードンと過ごす最後の機会だと思って、思い出作りのつもりで誘いに乗ってしまった。

体は冷えて寒いのに、背中から冷や汗《あせ》が噴《ふ》き出しそうだった。

無言で雪道を歩き、ゼルニック邸《てい》に戻る。玄関《げんかん》ホールでコートを脱《ぬ》いでいると、先に客間に入っていったゴードンから手招きをされた。

「なんですか？」

「きみにプレゼントだ」

淡《あわ》いグリーンの包装紙にくるまれた箱を差し出され、面食《めんく》らって目を瞬《またた》かせる。

「え……？　もういただきましたけど……」

ディナーの前に、皆《みな》で集まってプレゼントを開けた。

散々悩《なや》んだ末、薫はゴードンへのプレゼントにムートンの室内履きを選んだ。形に残るものはどうかと思ったのだが、室内履きならひと冬使って処分できる消耗品《しょうもうひん》だ。

ゴードンからのプレゼントはしなやかなラム革《がわ》の手袋《てぶくろ》で……華奢《きゃしゃ》な手にぴったり合うサイズだったことに内心驚《おどろ》きつつ、多分ゴードンも薫と同じように無難なものを選んだのだろうと感じていた。

「あれは見せかけのプレゼント。こっちが本物のプレゼント」

「見せかけって……どういうことです？」

「開けてみればわかる。ほら、早く」

「は、はい……」

ゴードンに急《せ》かされて、薫はリボンをほどいて包装紙をはがした。

いったい何が出てくるのだろうと、どきどきしながらそっと箱を開ける。

「うわあ……」

箱を開けてそれが目に入ったとたん、薫は感激して声を上げた。

プレゼントは、ミニチュアサイズのカントリー風のロッキングチェアだった。素朴《そぼく》なデザインながらしっかりと作り込まれており、ひと目でかなり値の張る品だとわかる。

「これならきみのお気に入りの部屋に合うんじゃないかと思って」

「ええ、すごく、ものすごく素敵です……！　いったいどこで見つけたんですか？」

「このいだ、俺ひとりでニューヨークに出張してきただろう。そのときに見つけたんだ。七〇年代に趣味《しゅみ》でミニチュア家具を作っていた家具職人がいて、その作品のひとつだそうだ」

「どうりで……本物のロッキングチェアみたいです」

家具職人が作ったというだけあって、本格的な仕上がりだった。パーツも細かくて、多分本物と同じ手順で組み立てられているのだろう。

ミニチュア家具は、通りすがりの店で簡単に見つかるものではない。もしかして、わざわざ調べて買いに行ってくれたのだろうか。

（いやいや、まさか……社長が部下へのプレゼントに時間と労力をかけるわけないし）

慌てて、都合のいい幻想《げんそう》に結びつきそうな考えを振《ふ》り払う。

「他《ほか》にもあれば買い占《し》めたかったんだが、残念ながら、それが最後のひとつだそうだ」

「本当に、ありがとうございます。大事にします」

両手でロッキングチェアを胸に抱《だ》き、薫は深々と吐息《といき》を漏《も》らした。

「……社長、みんなの前で渡《わた》さないように気を遣《つか》ってくださったんですね」

「まあな」

「それに、ザックがエミリーのドールハウスを作ったって話が出たときも、僕の趣味を黙《だま》っててくれましたし」

「……まあな」

ゴードンが、幾分《いくぶん》照れくさそうに視線をそらす。

「そのことにも感謝してます。初対面の人にミニチュア家具のコレクターだって知られるのは、なんとなく居心地《いごこち》が悪いので……」

「ああ、わかってる。きみの趣味を吹聴《ふいちょう》するつもりはない」

灰色の瞳《ひとみ》と視線が合って、薫は胸が高鳴るのを感じた。

胸の奥から、熱い感情がこみ上げてくる。

どうしよう……この人のことを、もっと好きになってしまいそうだ。

ゴードンが、自分を恋愛《れんあい》対象として見てくれることなどありえないのに……。

「……じゃあ僕、そろそろ寝ますね」

「そうだな。俺は暖炉《だんろ》の火を始末してから寝るよ」

「ええ、おやすみなさい」

大事なロッキングチェアを箱にしまって、踵を返す。

「──薫」

客間から出ようとしたところで、ふいにゴードンに呼び止められた。

振り返ると、ゴードンが大股《おおまた》でのしのしとこちらに近づいてくるところだった。

「なんですか？」

見上げたゴードンの顔は、逆光になっていて表情が読めなかった。

薄闇《うすやみ》の中、灰色の瞳がじっとこちらを見つめている。

「メリー・クリスマス」

ゴードンの唇《くちびる》が、掠《かす》れた声を発し……。

「……っ！」

次の瞬間《しゅんかん》、薫は自分の身にいったい何が起こったのか、すぐには理解できなかった。

急に視界が暗くなって、唇が、何か熱いもので覆《おお》われている——。

（え？　な、何？）

もしかしてキス……と気づいたそのとき、ゴードンの唇がゆっくりと離《はな》れていった。

「……な、何してるんですか……っ」

動揺《どうよう》のあまり、舌がもつれてしまう。全身の力が抜《ぬ》けて、今にもその場にくずおれてしまいそうだった。

「何って、キスだ」

ゴードンが、なんでもないことのようにさらりと言ってのける。

「ど、どうして……っ」

「おっと。これは大事なものだろう？」

右手からすり抜けて落ちそうになった箱を、ゴードンの大きな手がしっかりと受けとめてくれる。

箱と一緒《いっしょ》に手も包み込まれそうになり、慌《あわ》てて手を引っ込めて、両手でしっかり箱を持ち直す。

「見てみろ」

ゴードンが頭上を指すので、薫は喉《のど》を仰《の》け反らすようにして上を向いた。

「ヤドリギだ。知ってるだろう？　クリスマスにヤドリギの下にいたら、誰《だれ》にキスされても文句は言えない」

言われてみれば確かに、ヤドリギの束《たば》がぶら下がっていた。

アメリカではクリスマスの定番で、ヤドリギの下にいる男女はキスしていいことになっているが……。

「そ、それは、それは知ってますけど！　だからって、男の部下にしますか!?」

間合いを詰《つ》められそうになって、慌ててあとずさって玄関ホールへ移動する。

二メートルほど距離《きょり》を取り、薫は全身の毛を逆立ててゴードンを睨《にら》みつけた。

「きみはただの部下じゃない。特別お気に入りの、大事な部下だ」

「…………」

その言葉に、一瞬《いっしゅん》胸が高鳴りそうになる。

しかし薫は、浮《う》かれそうになる気持ちを戒《いまし》めて、その言葉の意味するところを冷静に考えた。

〝特別お気に入りの〟とか〝大事な〟という言葉に惑《まど》わされてはいけない。気に入ってはいるが、それはあくまでも部下としてであって、それ以上の意味はないということだ――。

高揚《こうよう》しかけていた気持ちが、瞬く間に萎《しぼ》んでいく。

ゴードンと自分の間には、上司と部下の関係以上のものは何もないのだと、はっきり釘《くぎ》を刺《さ》された気分だった。

「……それはどうも。だけど、こういうことはしないでください」

なんとか絞《しぼ》り出した声は、自分でもびっくりするほど硬《かた》くて素っ気なかった。

「怒《おこ》ったのか？　もしかして初めてだった？」

「……そ、それは、社長に申告《しんこく》する必要ないと思いますけど！」

図星を指されて、幾分切れ気味に言い返す。

「まあそうだな。これ以上やったらセクハラになるか」

「もう充分《じゅうぶん》セクハラの域です！」

肩《かた》を怒《いか》らせて抗議《こうぎ》すると、ゴードンが降参したように両手を挙げた。

「……悪かったよ。クリスマスだからって調子に乗りすぎた」

その言葉は、薫の傷ついた心を更《さら》に深く傷つけた。

ゴードンにとって、今のは単なる悪ふざけだったのだ……。

「……もういいです。おやすみなさい」

くるりと背を向け、足早に寝室《しんしつ》に向かう。

ゴードンはそれ以上は追いかけてこなかった。

ここでゴードンが追いかけてきて、「さっきのは本心じゃない」と言って抱き締《し》めてくれたらどんなにいいだろう……。

（……いや、これが現実だ。つらいけど、受けとめないと）

寝室のドアをそっと閉めて、ため息をつく。

胸にゴードンからもらったロッキングチェアの箱を抱き締めて、薫はその場にずるずるとしゃがみ込んだ――。

◇◇◇

「本当にどうもありがとうございました。とても楽しかったです」

「ええ、私もよ。ぜひまた来てちょうだい。エミリーもまたあなたに会いたいって言ってたわ」

「嬉《うれ》しいです。ぜひまた……」

ミセス・ゼルニックと軽くハグをかわしながら、薫は罪悪感に苛《さいな》まれた。

楽しかったのは事実だが、自分はもうここに来ることはないだろう。

本当はまたぜひ来たいし、エミリーや来年生まれる予定の男の子にも会いたいが、これ以上の深入りは絶対に避《さ》けなくてはならない。

「俺は近いうちに来るよ。母さんに頼《たの》まれてたアンティークの裁縫《さいほう》箱が年明けに届く予定だから」

「ええ、そのときはぜひ薫も一緒にね。それまでに屋根裏部屋を整理して、祖母が作ったキルトを探しておくわ」

「……楽しみです」

なんとか笑顔《えがお》を作って、薫は慎重《しんちょう》に言葉を選んだ。

ミセス・ゼルニックに嘘《うそ》はつきたくない。結果的にはそうなってしまうだろうけれど、守るつもりのない約束を調子よく口にできるほど図々《ずうずう》しくはなれなかった。

名残惜《なごりお》しい気持ちでゼルニック邸《てい》をあとにし、ゴードンとともにガレージに向かう。

今日は快晴で、雪の積もった庭は太陽の光で白く輝《かがや》いていた。常緑樹の枝からは、とけかかった雪の塊《かたまり》がどさりと音を立てて落ちてくる。

白昼の明るい庭を歩いていると、ゆうべのことが何もかも夢だったような錯覚《さっかく》に囚《とら》われる。

――ゆうべはほとんど眠《ねむ》れなかった。

振《ふ》り払《はら》っても振り払ってもゴードンとのキスのことが頭に浮かび、何度も寝返《ねがえ》りを打ち……明け方ようやく眠りに落ちたが、何か息苦しくなるような夢を見て飛び起きた。

ゴードンに指摘《してき》されたとおり、あれが薫にとって初めてのキスだった。

これまで何度か男性から言い寄られ、無理やり唇を奪《うば》われそうになったこともあったが、きっぱりはねつけてガードしてきた。

それが、あんなに簡単に、あっというまに奪われてしまうとは……。

無意識に唇に触《ふ》れてしまいそうになり、慌てて手を引っ込める。

「どうぞ」

ゴードンがレクサスの助手席のドアを開けてくれる。

「……どうも」

口の中で呟《つぶや》くようにして、そそくさと乗り込む。いつもだったら「自分で開けられます」などと憎《にく》まれ口を叩《たた》くのだが、今日はとてもそんな気持ちになれなかった。

「さてと……」

運転席に乗り込み、ゴードンがふうっと大きく息を吐《は》く。

ゴードンと密室でふたりきりになったことを意識して、薫は緊張《きんちょう》に体を硬《かた》くした。

「どこか寄りたいところはあるか？」

「いえ……ありません」

「じゃあ、この町にもアンティークショップができたらしいから、ちょっと寄ってみていいか？」

「ええ、構いません」

「よし、行こう」

車が動き出し、薫は顔を背《そむ》けて窓の外を眺《なが》めるふりをした。

——今朝の朝食の席、ゴードンはいつもと変わらず、ゆうべのことなどまったく気にしてない様子だった。

それにひきかえ自分は、ゴードンの顔を見ることもできなくて、周囲から見てもひどくぎこちない態度だったに違《ちが》いない。

ゴードンにとって、ヤドリギの下でのキスは、単なる儀式《ぎしき》以上の意味はなかったのだろう。

自分だけ、こんなに心をかき乱されているのが悔《くや》しくてたまらない。

けれど、それが片想《かたおも》いの常で、好きになったほうが負けなのだ——。

車が町のメインストリートにさしかかったところで、ふいにゴードンに問いかけられる。

「ところで、新年の休暇《きゅうか》の予定はもう決まってるのか？」

「………え？」

このやり場のない悶々《もんもん》とした気持ちをいったいどうすればいいのか考えていた薫は、ゴードンの質問を聞き逃《のが》してしまった。

「新年の予定、決まってるのか？」

赤信号で車を停車させたゴードンが、薫のほうへ向き直ってゆっくりと言い聞かせるように尋《たず》ねる。

「……いえ、別に」

アパートの大掃除《おおそうじ》をして、気が向けば町の音楽堂で開かれる新年のコンサートに行ってみようかと思っているくらいで、特に予定はない。

「じゃあ俺と一緒《いっしょ》にクランベリー・コーブで過ごすってのはどうだ？」

ゴードンの言葉に、薫は驚《おどろ》いて振り向いた。

クランベリー・コーブはニューヨークにほど近い海辺の町だ。ニューヨーカー御用達《ごようたし》の高級リゾート、ハンプトンに次ぐ新たなリゾート地として近年脚光《きゃっこう》を浴びており、有名なファッションデザイナーが別荘《べっそう》を構えたことで一躍《いちやく》有名になった。

そして半年ほど前、ゴードンはクランベリー・コーブの海岸沿いの別荘を購入《こうにゅう》した。

薫も写真を見せてもらったが、ミッドセンチュリーの家具がぴったりな、五〇年代風のモダンな建物だ。ニューヨークで成功した銀行家が著名な建築家に依頼《いらい》したもので、建築関係の雑誌にもたびたび取り上げられたことがあるらしい。

銀行家が亡《な》くなったあと、別荘は孫が相続した。しかし経済的な理由で手放さざるをえなくなったという。

当初買い手に名乗りを上げたのは、新興のＩＴ企業《きぎょう》の社長だった。ところが彼が別荘を取り壊《こわ》して高級リゾートホテルを建設する予定だと知って、持ち主は断固拒否《きょひ》した。

建物の価値をよく知り、メンテナンスをして後世に残してくれる人に売りたい。不動産会社のみならず、建築家やインテリアデザイナーたちがつてを当たり、白羽の矢が立ったのがゴードンだ。

ゴードンはさっそく興味を示し、一度の内覧で購入を決めた。傷《いた》んだ箇所《かしょ》を修復し、壁紙《かべがみ》を貼《は》り替《か》え……改装が終わったのが、つい一週間ほど前のこと。

信号が青になり、スノータイヤが独特の音を立てて発進する。

正面を見つめ、薫はしきりに瞬《まばた》きをくり返した。

「……ええと……クランベリー・コーブに行くってことは、別荘で過ごされるんですよね」

「当然だ。そのために買ったんだから」

「……僕を、別荘に招いてくださるってことですか？」

「そういうつもりで言ったんだが、伝わらなかったか？」

「他《ほか》の従業員も来るんですか？」

「まさか。みんなそれぞれ予定があるだろう」

「…………」

つまり、今回のゼルニック邸でのクリスマスパーティ同様、個人的に誘《さそ》ってくれているということだろうか。

一瞬《いっしゅん》嬉《うれ》しい気持ちが湧《わ》き上がりそうになり、慌《あわ》ててそれを戒《いまし》める。

今回の一件で、自分はもう懲《こ》りたはずだ。

これ以上ゴードンとふたりきりでプライベートな時間を過ごしたりしたら、自分はもう、この恋心《こいごころ》を彼に隠《かく》し通せる自信がない——。

「ああ、見えてきた。あそこだ」

ゴードンが、メインストリートの外れにあるアンティークショップの駐車場《ちゅうしゃじょう》に車を入れる。

車のエンジンを切ってから、ゴードンは改めて薫のほうへ向き直った。

「返事は？」

「……誘ってくださって嬉しいんですが……今回は遠慮《えんりょ》いたします」

「なぜだ？　別に予定はないんだろう？」

しつこく食い下がられて、薫もだんだん苛立《いらだ》ってきた。

シートベルトを外して助手席のドアを開けながら、早口でまくし立てる。

「ないですけど、僕もひとりで過ごす時間が必要なんです。アパートの掃除《そうじ》をしたり、食料品の買い出しに行ったり、コレクションを眺めたり……いろいろと！」

ゴードンがわざとらしく目を見開き、肩《かた》をすくめる。

「なるほど、それは忙《いそが》しそうだ」

その言い方にかちんと来たが、薫は敢《あ》えて笑顔を作ってみせた。

「ええ、忙しいんです」

車から降りてアンティークショップの入り口に向かうと、うしろから追いついてきたゴードンが隣《となり》に並んだ。

「じゃあ、誰《だれ》か他の人を誘うかな」

「……っ」

思わずゴードンの横顔を見上げ、慌てて俯《うつむ》く。

不意打ちのその言葉は、薫の心に深々と突《つ》き刺《さ》さった。

ゴードンは、いったい誰を誘うつもりなのだろう。

アビーが『社長はあの金髪《きんぱつ》美人と別れて以来、誰ともつき合ってないみたいね』と言っていたが、まだ皆《みな》が気づいていないだけで、新しい恋人《こいびと》がいるのかもしれない。

だったらなぜ自分をクリスマスに実家に誘ってくれたのだろう……と考えて、彼がそういう結婚《けっこん》を前提としたようなつき合いはしない主義だったと思い出す。

(僕は実家向けのアンティーク好きで無害なアシスタントで、本命の彼女とは別荘でふたりきりで過ごすんだ……)

最初に誘ってくれたことも忘れて、いるかどうかも定《さだ》かではないゴードンの恋人に嫉妬《しっと》の炎《ほのお》をめらめらと燃やす。

「どうした、黙《だま》り込んで」

「……いえ、別に。初めて入るアンティークショップを前に、武者震《むしゃぶる》いしてるだけですから」

自分でもわけのわからない言い訳をして、薫はぎくしゃくと店内に足を踏《ふ》み入れた。

5

――どうしてこう、何もかもうまくいかないのだろう。

パソコンのモニターを睨《にら》みつけ、薫はため息をついた。

いつもなら難なく打ち込める数字の羅列《られつ》が、なぜか思いどおりにいかない。

何度打ち直しても間違えるので、キーボードを見ながらひとつずつゆっくり入力してみたが、それでも数字は正しく入力できなかった。

「薫」

ふいにゴードンに名前を呼ばれ、顔を上げる。

「社長……戻《もど》られてたんですか」

「何を言っているんだ。俺はさっきからずっとここにいるぞ」

ゴードンの言葉に、薫は目をぱちくりさせて周囲を見まわした。

〈エイプリル・ローズ〉のオフィスにいると思っていたが、どうやら違ったようだ。ぼんやりと膜《まく》が張ったような視界に、クリスマスに訪《おとず》れたゼルニック邸《てい》の客間が浮《う》かび上がる。

「薫……」

さっきよりも近くで、それこそ吐息《といき》がかかるほどの距離《きょり》で名前を囁《ささや》かれ、びくりとして振《ふ》り返る。

灰色の瞳《ひとみ》と視線が合ったとたん、薫はこれから起きることを予感し体を震《ふる》わせた。

——キスされる。

ぎゅっと目を閉じた瞬間《しゅんかん》、唇《くちびる》が熱い感触《かんしょく》に覆《おお》われ……。

「——！」

はっと目覚めて、薫は目を見開いて天井《てんじょう》を見つめた。

（夢か……）

両手で顔を覆い、ため息をつく。

枕元《まくらもと》の時計を見ると、まだ七時前だった。

今日は大晦日《おおみそか》、今日から一週間、〈エイプリル・ローズ〉は新年の休暇《きゅうか》だ。

（今日は何をしようかな……）

頭の中で大掃除の段取りを考えようとするが、心臓はまだどきどきしていた。唇に触《ふ》れた感触がやけに生々しくて、クリスマスの夜にゼルニック邸の客間で起きたことが、ありありとよみがえる。

（だめだ……あのことを思い出すのは……）

寝返《ねがえ》りを打って、薫は体の中心に集まり始めている熱を散らそうと試みた。

あのときのことを思いながら自分を慰《なぐさ》めるのは、あまりにもみじめすぎる。

けれど初めてのキス——それも密《ひそ》かに恋《こ》い慕《した》う相手とのキスが若い健康な体に与《あた》える影響《えいきょう》は無視できなくて、あれから何度かそういうことをしてしまった。

そのたびに罪悪感と居たたまれなさに苛《さいな》まれ、二度とするまいと心に誓《ちか》うのだが……。

「……っ」

衝動《しょうどう》がこみ上げてきて、薫はパジャマのズボンの上からそこを押さえた。

まずいことに、体はキスだけでなく〈レイクサイド・イン〉でのゴードンの体の感触も鮮明《せんめい》に覚えていた。

（あ……）

欲望《よくぼう》が、後戻《あともど》りできないところまで高まっていく。

ゴードンの大きくて硬《かた》い屹立《きつりつ》の感触を思い出しながら、薫は震える指をパジャマのズボンの中に滑《すべ》り込ませた。

「……ん……っ」

下着の上から、亀頭《きとう》をまさぐる。円を描《えが》くようにくすぐると、布地にじわっと先走りの液が染《し》み込むのがわかった。

「んん……っ」

唇を引き結んで声を押し殺し、下着の上から拙《つたな》い手つきで性器を擦《こす》る。

しかしいつまで経《た》っても頂点に達せず、かえって欲求不満《よっきゅうふまん》が募《つの》るばかりだった。

「……あ……っ」

あと少しでいけそうなのに、いくことができない。

満たされないもどかしさに、薫は苦しげに眉根《まゆね》を寄せた。

自分でも原因はよくわかっている。ゴードンに恋をしてから、薫は自分が彼に抱《だ》かれたいと思っていることに気づいてしまった。

（ものすごく破廉恥《はれんち》で、不毛な願望だ……）

首になったという前々アシスタントは、リスクを承知でゴードンに迫《せま》ったのだろう。けれど自分はこの仕事を失いたくないし、何よりゴードンに疎《うと》ましく思われることだけは避《さ》けたい。

恋する気持ちと淫《みだ》らな欲望のことは、決して彼に気づかれてはならない。だからこうして、ひとりでこっそりと慰めるしかないのだ——。

そう自分に言い聞かせ、薫はベッドの上に仰向《あおむ》けになって膝《ひざ》を立てた。

下着ごとズボンを脱《ぬ》ぎ捨てて、おずおずと脚《あし》を開く。左手で勃起《ぼっき》したペニスを握《にぎ》り……右手で根元の玉をゆるゆると揉《も》みしだく。

目を閉じて、薫は熱い吐息を漏《も》らした。

想像するのだ、今自分の感じやすい場所に触れているのが、ゴードンの大きくてごつごつした手だと……。

「……っ！」

ゴードンの長い指を思い描いたとたん、初々《ういうい》しい亀頭が新たな雫《しずく》をにじませる。

恥《は》ずかしい場所がずくりと疼《うず》き、薫は蟻《あり》の門渡《とわた》りへと指を這《は》わせた。

やがて指は、ずくずくと淫らに疼く蕾《つぼみ》へとさしかかる。

きゅっと窄《すぼ》まった襞《ひだ》に触れると、欲望が熱く高ぶるのがわかった。

「……あ……社長……」

思わず口走りながら、蕾の表面を愛撫《あいぶ》する。

そしていつもそうしているように……亀頭から溢《あふ》れた先走りを中指の腹に絡《から》ませて、窄まった入り口に塗《ぬ》りつける。

「あああ……っ」

指先が、先走りのぬめりを借りて次第《しだい》に蕾の内側へと潜《もぐ》り込んでいく。

第一関節まで潜り込ませると、薫は潤《うる》んだ瞳で宙を見上げた。

(社長のおっきいの……入れてください)

恥ずかしすぎるセリフは、心の中でそっと呟《つぶや》く。

──これが欲しいのか？

ゴードンの低く魅惑的《みわくてき》な声で囁かれるところを想像し、頬《ほお》を染めてこくりと頷《うなず》く。

本人の前では素直《すなお》になれないが、想像の中では薫はいつも素直で欲望に従順だ。

「あ、あ、ああ……っ」

指を小刻みに揺《ゆ》らして、大きな屹立が蕾に押し入ってくるさまを思い浮かべる。

濡《ぬ》れた粘膜《ねんまく》がくちゅくちゅといやらしい音を立てて、それが薫の淫らな欲望を更《さら》に煽《あお》った。

(気持ちいい……)

もう少し奥に、快感のスポットがあることは知っている。

けれど、まだそこに触れるのは怖《こわ》い。今はまだ、こんなふうに浅い場所をかき混ぜるだけで満足だった。

「……社長………ああっ、ゴードン……っ！」

ゴードンの逞《たくま》しい体に組み敷《し》かれ、雄々《おお》しくそそり立つ男根で貫《つらぬ》かれる快感を妄想《もうそう》しながら、薫は頂点へと上り詰《つ》めていった——。

(最低だ……社長に抱かれるところを想像しながら自慰《じい》に耽《ふけ》るなんて)

長椅子《ながいす》にもたれかかり、薫は何度目になるかわからないため息をついた。

熱いシャワーを浴びてコーヒーを飲んだが、すっきりした気分にはほど遠い。

束《つか》の間の快感と引き替《か》えの罪悪感は、重く心にのしかかっていた。

大掃除《おおそうじ》に取りかかる気分にはなれなくて、もう一杯《いっぱい》コーヒーを飲もうかどうしようかぐずぐず考えていると、ふいにスマートフォンの着信音が鳴り始めた。

(誰《だれ》だろう……？)

手を伸《の》ばしてサイドテーブルの上のスマホを摑《つか》み、液晶《えきしよう》画面に表示された名前にぎくりとする。

電話は、ゴードンからだった。

先ほどあのような破廉恥な行為《こうい》をしたばかりなので、かあっと顔が熱くなる。

休日にかかってくるなんて、いったいどうしたのだろう。ゴードンは今日からクランベリー・コーブの別荘《べっそう》に行くはずだが……。

スマホの画面を見つめたまま、薫はその場に固まった。

(どうしよう……出るべき？　だけど今はちょっと、心の準備が……)

もう一杯コーヒーを飲んで落ち着いてからかけ直そうと決めて、とりあえず着信音を無視する。

やがて電話が鳴り止《や》み、薫はほっと息を吐《は》いた。

が、コーヒーを淹《い》れようと立ち上がったとたん、再び着信音が鳴り始める。

(何か緊急《きんきゅう》事態かも)

意を決して、薫はスマホを手に取った。

大きく深呼吸してから、努めて冷静に聞こえる声で「はい」と返事をする。

『薫、今どこだ？』

「自宅ですが……何かあったんですか？」

ひどく慌《あわ》てた様子のゴードンに、嫌《いや》な予感がこみ上げてくる。まさか、クランベリー・コーブに行く途中《とちゅう》で何かアクシデントがあったのだろうか。

『ああ、大ありだ。今朝自宅から出たところで、雪で滑《すべ》って派手に転んだ』

「ええっ！　大丈夫《だいじょうぶ》ですか!?」

『大丈夫じゃない。隣人《りんじん》が病院まで車で送ってくれて、さっき戻《もど》ってきたところだ。幸い怪我《けが》は右足だけで済んだが』

「怪我って、どれくらいひどいんです？」

『右足首骨折、全治二ヶ月』

「骨折⁉　大変じゃないですか！」

『ああ、すごく大変だ。痛いし不便だし、何より車の運転ができなくて困ってる』

「僕でよければ、お手伝いします。通院とか買い出しとか、会社の送り迎《むか》えとか」

『ありがとう。じゃあさっそく一週間分の荷造りをして、うちに来てくれ』

　ゴードンの言葉に、薫は目をぱちくりさせた。

「……それって、社長の家に泊《と》まり込みでお世話するってことですか……？」

　不安になって、薫は尋《たず》ねた。怪我が治るまでできるだけのことはするつもりだが、ゴードンの自宅に泊まり込むのは勘弁《かんべん》して欲しい。

『違《ちが》う。クランベリー・コーブに行くんだ』

「それはちょっと……旅行は中止なさったほうがいいんじゃないですか」

『なぜだ？　車の運転は無理だが、松葉杖《まつばづえ》があれば歩けるぞ』

「そういうときに不慣れな場所で過ごすのは危険です」

『じゃあ今から一週間、自宅でテレビでも見て過ごせと？』

「僕が医者ならそれを勧《すす》めますね」

『だがきみは医者じゃない。俺はクランベリー・コーブへ行く』

「そんな、わがまま言わないでくださいよ……」

『きみも予定はないんだろう？　俺を送っていって、ついでにゆっくりしていけばいい』

「……どなたか他《ほか》の人を誘《さそ》うんじゃなかったんですか」

『そんなこと言ったかな？』

ゴードンがそらとぼけるので、薫はむっとして唇《くちびる》を尖《とが》らせた。

「ええ、言いました。クリスマスの帰りに、アンティークショップに寄ったときに」

『ああ……あのアンティークショップはひどかったな』

電話の向こうで、ゴードンが可笑《おか》しそうに笑う。

「ええ、ひどかったです」

つられて薫もついつい笑ってしまった。

立ち寄った店は、アンティークショップとは名ばかりの、中古品のリサイクルショップだった。よくまあこれに値段をつけたものだというような薄汚《うすよご》れた古着や欠けた食器を見て、薫もゴードンも無言で早々に店をあとにした。

『すまんな、あれは俺のリサーチ不足だった。あとでお袋《ふくろ》に訊《き》いたら、あそこは町の住人も寄りつかないやばい店だって言ってたよ。だからあのときの埋《う》め合わせをさせて欲しい』

「……埋め合わせ？」

『クランベリー・コーブで、新年にアンティークフェアが開かれるんだ。調べてみたら、地元じゃなかなか評判のいいイベントらしい。特に今回はキルトがたくさん出品されるとかで、せっかくだから偵察《ていさつ》がてら仕入れに行こうと思ってるんだが、きみも興味あるだろう？』

「アンティークフェア……それはちょっと、気になりますね……」

『だろう？　キルトはきみに任せる。俺はああいうものに関しては見る目がないからな』

「つまり、仕事ってことですね」

『そう。ちゃんと休日出勤の手当も出すよ』

お金のことはともかく、プライベートではなく社長のアシスタントとしての業務の一環《いっかん》であることを確認《かくにん》したかった。

仕事なら、断れない。仕事だから行くのであって、これは決して休日を一緒《いっしょ》に過ごすためではないのだ――。

「……わかりました。一時間でそちらに伺《うかが》います」

まだ半分迷いつつ、けれど他に選択肢《せんたくし》はないのだと自分に言い聞かせて、薫は通話を切った。

クローゼットからスーツケースを取り出し、ベッドの上に着替《きが》えを並べる。

（……結局なんかはぐらかされちゃったけど、社長は別荘に誰か他の人を誘ったんだろうか）

その人物に断られたから、薫にお鉢《はち》がまわってきたのかもしれない。

その誰かについてあれこれ考えて、気が滅入《めい》ってくる。

けれど、これから一週間別荘でゴードンとふたりきりになるという事実から目を背《そむ》けるには、他のことを考えていたほうが気が楽だった。

（これは仕方ないんだ、社長は怪我してて運転できないし、アンティークフェアは仕事で行くんだし……)

こうするしかなかったのだと自分に言い聞かせて、薫は黙々《もくもく》とスーツケースに着替えを詰め込んだ。


――大晦日《おおみそか》の午後四時。冬の夕暮れは、早くも夜の気配を漂《ただよ》わせている。

夕闇《ゆうやみ》に包まれたクランベリー・コーブの海岸沿いの道は、まるで幻想的《げんそうてき》な絵画のようだった。

前後に車は一台もなく、ここだけ世界から切り離《はな》されているような……あのカーブを曲がった先は異世界に通じているのではないかと妄想してしまうほど、静謐《せいひつ》で美しい。

「あそこだ、あの白い建物」

後部座席から、ゴードンが身を乗り出す。

現実に連れ戻されて、薫はゴードンの手が指し示す方向を見上げた。

「写真で見たよりも、ずっと立派ですね……」

「ああ、庭もかなり広いぞ。結婚《けっこん》式ができるくらい」

「…………」

その言葉は聞こえなかったふりをして、薫はハンドルを握《にぎ》ることに集中した。自分の中古の小型車ではなくゴードンのレクサスなので、慎重《しんちょう》に運転しなくてはならない。

(……やっぱり何か理由をつけて断ればよかったかも)

広大な敷地《しきち》に建つ別荘を目にした薫は、今更《いまさら》ながらここへ来てしまったことを後悔《こうかい》した。

先ほど通りすぎたのが隣《となり》の別荘のようだが、そこからかなり距離《きょり》がある。こんな隔離《かくり》された場所で一週間もゴードンとふたりきりだなんて、自分の気持ちを隠《かく》し通せるだろうかと不安になってくる。

（いや、逆に考えるんだ。これだけ広ければ当然部屋も別々だろうし、仕事以外の時間は顔を合わさずに過ごせる）

ここに来る途中で食材をたっぷり買い込んできたので、なるべく時間のかかる料理を作ってキッチンにこもってしまえばいい。

別荘の前に車を停《と》めて、薫はほっと息を吐いた。

「どうした、疲《つか》れたか？」

「え？　いえ……途中で何度も休憩《きゅうけい》しましたし」

「だが、慣れない車で長距離はしんどかっただろう。今日の夕食はデリバリーでいいぞ。町まで食べに行ってもいいし」

「うーん……また出て行くの面倒《めんどう》なので、何か作ります。いざとなったら冷凍《れいとう》のピザもありますし」

「そうか。ああ、悪い」

後部座席にまわってドアを開けると、ゴードンが松葉杖を手にして体をこちらに向けた。

「降りられます？」

心配になって、薫は屈《かが》んで中を覗《のぞ》き込んだ。途中の休憩では難なく乗り降りしていたが、今度はうまく足が動かせないらしく、四苦八苦している。

「ちょっと手を貸してくれ」

「はい……」

ためらいつつ、差し出された大きな手を握る。

ぐっと力を込めて握り返されて、薫は視線をさまよわせた。手袋越《てぶくろご》しとはいえ、ゴードンに手を握られるのはなんとも落ち着かない気分だ。

「ありがとう……おっと」

「……っ！」

車から降りたゴードンが、今度は大きく体勢を崩《くず》してよりかかってくる。

腰《こし》に手をまわされて、薫はかあっと耳まで熱くなるのを感じた。

「だっ、大丈夫《だいじょうぶ》ですか！」

緊張《きんちょう》で、声がみっともなく上擦《うわず》ってしまう。

こんなふうに密着されたら、とても平静ではいられない。特に今は、今朝の後ろめたい出来事を思い出して余計に……。

「まったく、この松葉杖というやつは、どうも言うことを聞かない」

耳元で、ゴードンがため息をつきながらぼやく。

「そのうち慣れますよ。ていうか、慣れていただかないと困ります」

羞恥《しゅうち》をごまかすように素っ気なく言って、ゴードンの腕《うで》から逃《のが》れようと彼の前に松葉杖を差し出す。

「そうだな。ああ、階段のところは、松葉杖よりきみの肩《かた》を貸してもらったほうが上りやすい」

「…………」

玄関《げんかん》までの階段を見上げ、薫は設計者を呪《のろ》った。わざわざまわり道をするような造りにせず、最短距離にすればよさそうなものではないか……。

「ひゃっ！」

呆然《ぼうぜん》と階段を見上げていると、ゴードンが肩に手をまわしてよりかかってきた。

驚《おどろ》いて声を上げ、少しでも距離を作ろうと身じろぎする。

「きみは本当に細いな」

「そっ、そんなことはいいから、あんまり体重かけないでください……っ」

頭ひとつ分背の高いゴードンによりかかられて、薫は怒《おこ》ったふりをして抗議《こうぎ》した。

だめだ、考えるなと言い聞かせても、今朝の恥《は》ずかしい行為《こうい》や〈レイクサイド・イン〉での出来事がちらついて体が反応してしまいそうになる。

「ああ……悪い。逆の立場だったら、肩に担《かつ》いで上るんだが」

「非力ですみませんね」

なんとか拘束《こうそく》から逃れ、ゴードンの体を支えつつ距離を取る。

「きみが怪我《けが》をして歩けないときは、俺がどこにでも抱《だ》きかかえていってやるよ」

ゴードンに抱き上げられるところを想像してしまい、慌《あわ》てて振《ふ》り払《はら》う。

「それはどうも。そんな日が永遠に来ないことを祈《いの》ってます」

「ずいぶんな言われようだ」

ゴードンが少々傷ついたような顔をしたので、薫は言い過ぎたかと後悔した。

だが彼は、薫をからかって面白《おもしろ》がっているだけで、本気で言っているわけではない。

(僕も、軽く受け流せるようにならないと……)

これからの一週間が思いやられる。

ようやく玄関にたどりつき、薫は憂鬱《ゆううつ》なため息を漏《も》らした。


別荘《べっそう》は、ゴードンから聞いていたとおり、実に素晴《すば》らしかった。

元の持ち主は家具やカーテン、食器類もすべて込みで譲《ゆず》ってくれたそうで、これぞミッドセンチュリーというような素晴らしいインテリアに囲まれて、薫の気分も上昇《じょうしょう》する。

ゴードンは一階の奥にある来客用の寝室《しんしつ》、薫は二階の寝室を使わせてもらうことにして、先ほど荷物を運び込んで荷ほどきをした。

階下へ降りると、ゴードンはキッチンの隣のダイニングルームでくつろいでいた。

「キッチン、すごく広くて使いやすそうですね」

「ああ、だいぶがたが来てたから、全面的にリフォームしたんだ。なかなかいいだろう」

「ええ、ほんと素敵《すてき》です。今夜は簡単に済ませるつもりでしたけど、あのオーブン使ってみたいから、何か作りますね」

「まだいいだろう、その前に、庭を案内したいんだが」

ゴードンが立ち上がりかけたので、薫はそれを手で制した。

「いえ、外はもう暗いですし、明日でいいです。社長は居間のソファでテレビでも見ててください」

庭に出て、またさっきみたいによりかかられたら困る。あんなふうに密着される事態は極力避《さ》けたかった。

「夜の庭も綺麗《きれい》だぞ。小径《こみち》にところどころライトが点《つ》くようになってて、元の持ち主いわく、すごくロマンティックな雰囲気《ふんいき》だと」

「そういうのは、恋人《こいびと》を連れてきたときに活用されたらいいんじゃないですか」

素っ気なく言ったあと、これではまるで嫉妬《しっと》しているようだと気づいたが遅《おそ》かった。

ゴードンの顔に人の悪そうな笑《え》みが浮《う》かび……ばつの悪い思いで視線をそらす。

「なるほど、俺が言ったことを気にしてたのか」

「……なんの話です？」

「誰《だれ》か他《ほか》の人を誘《さそ》ったのかと思ってたんだろう？」

「それは……社長がそうおっしゃってたからです」

必死で言い訳すると、ゴードンが満足げな表情で両手を広げた。

「俺が誰を誘おうとしていたか、気になるか？」

「いえ、別に。それは社長のプライベートですから」

「確かにプライベートな領域だが、アシスタントには恋人の有無《うむ》くらい知ってもらったほうがいい」

「……そうですか」

他に返事のしようがなくて、薫は間の抜《ぬ》けた返事をして黙《だま》り込んだ。

「恋人はいない。アビーに聞いてるかもしれないが、ミス・ハドソンとは別れたし、その後は誰とも関係していない」

関係という言葉に顔が赤くなる。

ゴードンが言っているのは、肉体関係という意味だろう。つまり、彼女と別れて以来、セックスしていないという……。

「まあつき合っていたと言っても、お互《たが》い割り切った関係だったけどな。だから彼女のことは気にしなくていい。ただのセックスフレンドだ」

「そんなに赤裸々《せきらら》に語っていただかなくて結構です」

それ以上聞きたくなくて、薫は早口でゴードンの言葉を遮《さえぎ》った。

ゴードンが肩をすくめ、苦笑《くしょう》する。

「そうだな。俺も部下にこんなことを打ち明けたのは初めてだ」

「社長、ひょっとしてお酒でも飲んだんですか？」

「いや……だが、医者にもらった鎮痛剤《ちんつうざい》のせいで、ちょっと朦朧《もうろう》としてるかもな」

「じゃあ少し横になっててください。夕食ができたら声をかけます」

そう言って、薫はくるりと背を向けた。

キッチンの続きの食料ストック用の小部屋に入り、棚《たな》に手をついて深呼吸をする。

――ひどく心がかき乱されていた。

なぜゴードンは、突然《とつぜん》自分にあのようなプライベートな話をしようと思ったのだろう。

薫の気持ちに気づいていて、自分は恋愛《れんあい》はしない主義だと釘《くぎ》をさすため？

それとも、思わせぶりな態度でからかって、面白がっているだけ……？

（いや、意味なんかない。社長が言ってたとおり、鎮痛剤のせいだ）

意味を見出《みいだ》そうとする自分を戒《いまし》めて、薫は今夜のメニューを考えることにした。


「これ、すごく美味《うま》いな。なんていう料理？」

夕食の席、ダイニングテーブルの向かい側の席からゴードンに問いかけられ、黙って淡々《たんたん》と料理を口に運んでいた薫は顔を上げた。

「……名前はないんです。もとは料理の本に載《の》ってたレシピなんですけど、自分流にアレンジしたり手抜きしたりしてるうちに、別物になってしまいましたから」

薫が作ったのは、鶏肉《とりにく》と野菜にオリーブオイルと塩胡椒《しおこしょう》で味つけしてオーブンで焼いた簡単な料理だ。失敗がなく、そのときにある材料で臨機応変にできるので、お気に入りのメニューのひとつになっている。

「へえ、レシピどおりに作れるのもすごいが、アレンジができるっていうのもすごいな。俺はレシピどおりに作っても確実に失敗する」

「お母さまは、料理すごくお上手ですよね」

「ああ、ケイトとアダムもそこそこできるんだ。きょうだいの中で、俺だけが料理も手仕事もだめだ」

「まあ今の時代、料理ができなくても食事はなんとかなりますから」

「そうだけど、やっぱり外食やテイクアウトが続くと飽《あ》きてくる」

言いながらゴードンがちらちらと薫のほうを見るので、薫は仕方なくサラダを食べる手を止めて笑顔を作った。

「僕に作れる範囲《はんい》で、ですけど、何かリクエストがあれば作りますよ」

「すき焼き、ポトフ、ビーフストロガノフ、ミートローフ」

遠慮《えんりょ》なく羅列《られつ》されて、薫は苦笑した。

「わかりました。すき焼き、ポトフ、ビーフストロガノフ……ミートローフと言えば、クリスマスにお母さまが作ってくださったの、すごく美味《おい》しかったです。ほんと、今まで食べたミートローフの中でいちばんかも」

「だろう？　あれはグレービーソースが決め手なんだ」

「ええ、あのソースは絶品ですね。作り方を教わりたいくらいです」

こくのあるグレービーソースを思い出して目を輝《かがや》かせると、ゴードンがにやりと笑ってフォークを置いた。

「あのグレービーソースは、我が家の秘伝のレシピなんだ。門外不出で、他人には絶対に教えない。今あのレシピを受け継《つ》いでいるのはケイトだけだが、アダムがミランダと結婚《けっこん》したら、彼女にも教えることになるだろう」

「……そうなんですか」

それなら一生、自分には縁《えん》のない話だ。少々疎《そ》外感《がいかん》と寂寥感《せきりょうかん》を覚えて、薫はそれを顔に出さないように無理に笑顔を作った。

「諦《あきら》めるな。ひとつだけ、レシピを知るいい方法がある」

「なんですか？」

サラダを食べながら、薫は気のない返事をした。やり場のない気持ちを紛《まぎ》らわせるように、口の中のロメインレタスを必要以上に咀嚼《そしゃく》する。

「俺と結婚すればいい」

「………冗談《じょうだん》はやめてください」

サラダを嚙《か》むのを中断して、薫は眉間《みけん》に深い皺《しわ》を寄せた。

薫の表情を観察するようにじっと見つめ……やがてゴードンが、唇にふっと笑みを浮《う》かべる。

「冗談か。まあ、まんざら冗談でもないぞ。きみは一緒《いっしょ》にいて楽しいし、料理も上手で気が利《き》く。それに……これは言ったことあったかな、きみの顔は実に好みだ」

「な……何言ってるんですか！　第一、僕が男だってことを忘れてませんか⁉」

「忘れるわけがない。〈レイクサイド・イン〉で、しっかりこの目で確かめたしな」

「……っ！」

恥《は》ずかしい過去を掘《ほ》り返されて、薫は真っ赤になって口をぱくぱくさせた。

そうだ、あのときゴードンに、朝の生理現象を見られてしまったのだ……。

「おっと、このへんにしとかないと、セクハラで訴《うった》えられそうだ」

ゴードンがにやりと笑って、食事を再開する。

何か言い返したいが、頭も心も煮え立った鍋《なべ》のように湯気を立てるばかりで、結局薫は何も言い返すことができなかった。

6

――クランベリー・コーブの中心部にある公会堂は、新年早々大勢の人で賑《にぎ》わっていた。

「結構大規模なイベントなんですね」

駐車係《ちゅうしゃがかり》に誘導《ゆうどう》されて臨時駐車場に車を停《と》め、薫は公会堂を仰《あお》ぎ見て呟《つぶや》いた。

「俺も、ここまで大々的だとは思わなかった」

ゴードンが松葉杖《まつばづえ》を使って後部座席から降りてくる。昨日とは打って変わって動きがスムーズで、どうやら松葉杖の使い方をマスターしたらしい。

「大丈夫《だいじょうぶ》ですか？」

ゴードンに歩調を合わせながら、肩《かた》を並べて歩く。

「ああ、昨日、寝《ね》る前に家の中を歩きまわって練習したから」

「それはいい心がけです」

「シャンパンを飲みながら新年のカウントダウンをしようと思ってたんだが、きみはさっさと寝てしまったしな」

「……失礼しました。夕飯のあと、どっと疲《つか》れが出たもので」

――嘘《うそ》だ。本当は、目が冴《さ》えてなかなか寝つくことができなかった。

ゴードンの言葉をいちいち反芻《はんすう》しては、どれも深い意味などないのだという結論に至り、けれど気になってまた考えてしまう。その堂々巡《どうどうめぐ》りで、むしろ車の運転よりもそのほうが疲れてしまったくらいだ。

「そこ、水たまりがあるから気をつけてください」

「ああ……おっと」

さっそくゴードンがよろけて、薫の腕《うで》にしがみつく。

「いたた、そんなに強く摑《つか》まないでください」

「悪い。溺《おぼ》れる者は藁《わら》をも摑むって言うだろう。俺も転ばないように必死なんだ」

「家でじっと大人しくしてれば、転ぶリスクは格段に下がりますよ」

言いながら、薫は松葉杖を摑んでゴードンの体を支えた。

内心どぎまぎしているが、昨日よりはさらっと受け流すことができてほっとする。

「まあそう言うな」

「ところで社長、病院には行かなくていいんですか？」

気になっていたことを思い出し、薫は尋《たず》ねた。

「なぜ？」

「だって……骨折してるんでしょう？　そんな大怪我《おおけが》したら、二、三日おきに通院してお医者さんに診《み》てもらわないといけないんじゃないですか？」

「ああ、それは大丈夫だ。俺の場合、比較的《ひかくてき》軽くて済んだらしい。担当医も今日から休暇《きゅうか》だから、一週間後で構わないってさ」

「そうですか……ならいいんですけど」

怪我がひどくないと聞いて安心し、公会堂へ向かう。

入り口に看板が二枚あることに気づいて、薫はゴードンの顔を見上げた。

「社長、見てください。アンティークフェアと同時に、クラフトフェアもやってるみたいですよ」

「本当だ。そっちのほうは知らなかったな」

「クラフトフェアのほうも見ていいですか？　うちの店のクラフト作家コーナー、好評なので仕入れ先を増やしたいんです」

「そうだな。クリスマスシーズンは思った以上に売れ行きよかったし」

「あの、実は、年が明けたらご相談しようと思ってたんですが、もう少しスペースを広げていただけるとありがたいんですが……」

少し前から考えていたことを口にする。クラフト作家コーナーは手狭《てぜま》になってきて、陳列《ちんれつ》にはいつも頭を悩《なや》ませているのだ。

ゴードンが薫の顔を見下ろし、唇に笑《え》みを浮かべる。

「その件については、俺も考えてたんだ。うちの店の近くに、前にギャラリーだった空き店舗《てんぽ》があるだろう？　あそこを借りて、クラフト専門店にしてもいいかと思ってる」

「それいいですね！　カフェの隣《となり》だし、スペース的にもちょうど手頃《てごろ》ですし」

「まだ何も決めてないから、この話はオフレコにしておいてくれよ」

「了解《りょうかい》です」

新店舗の構想に、胸が高鳴る。

独立した新店舗を作るとなれば、今までスペースの都合で展示できなかった作品もたくさん並べることができる。アンティークショップとはまた違《ちが》った、素敵《すてき》な場所になるだろう。

「まずはアンティークフェアのキルトだな。それからクラフトフェアを覗《のぞ》いてみよう」

階段の下まで来ると、ゴードンは松葉杖を両手で抱《かか》え、手すりを掴んで片足でぴょんぴょんと器用に階段を上った。

「階段、ひとりで上れるじゃないですか……」

「言っただろう、これはゆうべの特訓の成果だ」

「もっと早めにこの方法に気づいて欲しかったです」

昨日散々よりかかられて、そのせいでいろんなことを思い出して眠《ねむ》れなくなってしまった薫は、心の底からそう言ってため息をついた。


――二時間後。

アンティークフェアでの収穫《しゅうかく》は、まずまずの結果だった。

薫は玉石混淆《ぎょくせきこんこう》のキルトの山の中から八枚厳選し、ゴードンは古いゆりかごと五〇年代のガラスの食器を一箱、それに実際に鴨猟《かもりょう》で使われていたデコイを一ダース仕入れた。インテリア用に作られたデコイはたくさん出まわっているが、実際に猟に使われていたものは最近では希少なので、これはなかなかの収穫だ。

戦利品をレクサスに積み込み、売店でホットドッグを買って腹ごしらえをし、同じ建物の別のホールで開催中《かいさいちゅう》のクラフトフェアに向かう。

会場はアンティークフェアの半分ほどの広さだったが、入るなり薫は胸がわくわくするのを感じた。

陶芸《とうげい》作品、木を使ったオブジェ、ハンドメイドのアクセサリー……作り手のレベルはまちまちだが、何かいいものに出会えそうな予感がこみ上げる。

「ぱっと見た感じ、陶芸品はパスですね。あのフクロウのマグカップの陶芸家が年明けに新作を見せてくれることになってるんです。そちらに期待しましょう」

薫の言葉に、ゴードンが苦笑《くしょう》しながら頷《うなず》いた。

「ああ……この会場の陶芸作品がきみの好みじゃないってのは俺にもわかる」

「そういうことです。そこの革細工《かわざいく》のブースから見ていきましょう」

長年のアンティークショップやガレージセール通いのおかげで、薫はかなり鼻がきくようになった。好みの作品、商品として需要《じゅよう》がありそうな作品は、ひと目見ればだいたいわかる。

ずらりと並んだブースを端《はし》から見ていき、銀細工作家と木工作家の名刺《めいし》をもらった。どちらもすぐに取引したいと思うほどではなかったが、技術的にはかなりレベルが高く、念のためにリストに加えておくことにする。

「帰りにどこか寄ってランチにしよう」

ゴードンが背を屈《かが》め、ビーズ細工のブースを眺《なが》める薫の耳元で囁《ささや》く。

「……さっきのホットドッグがランチですけど」

「冗談《じょうだん》だろう。あれはほんの前菜だ。ここに来る途中《とちゅう》によさそうなダイナーがあった。あそこに寄ろう」

「社長はそういうの鼻がききますよね。僕にはさっぱり見分けがつかないんですが、美味《おい》しいダイナーとそうでないダイナー、店構えだけで判断できちゃいますもんね」

ブースの前を離《はな》れ、薫は半ば感心しながらそう言った。

「そういうのはある程度店構えに表れるもんなんだ。きみが、クラフト作家のブースを数秒眺めただけで判断するように」

「なるほど」

周囲の人に聞こえないように、ひそひそ声で話しながら移動する。

すれ違った中年女性に無遠慮《ぶえんりょ》な視線で見られて、薫は面食《めんく》らって目を瞬《またた》かせた。

「なんか……さっきからじろじろ見られてる気がするんですが、この町では東洋人が珍《めずら》しいんですかね？」

「東洋人は珍しくないが、こんな綺麗《きれい》なのは珍しいからな」

ゴードンがあまりにもさらっと言うので、薫は一瞬《いっしゅん》意味がわからなくて、反撃《はんげき》が遅《おく》れてしまった。

「……からかわないでください。僕、この会場で何か嫌《きら》われるようなことしましたっけ？」

「違うよ、薫。そうじゃなくて、俺たちがどこからどう見てもカップルにしか見えないからだろう。こういう小さな町じゃ、まだまだ偏見《へんけん》が多いからな」

「社長と僕が⁉ 冗談でしょう、そんな、全然……っ」

地味でオタクな自分は、ゴードンのような立派な男性にはまったく釣《つ》り合わない。せめてもう少し背が高くて華《はな》やかさがあればと思うが、華やかさというのは自分に最も欠けている資質だ。

「俺じゃきみに釣り合わない？」

「いえ！　そうじゃなくて……っ」

僕があなたに釣り合わないんです、と言おうとしたが、卑屈《ひくつ》なセリフはすんでのところで飲み込む。

「なんていうか……傍《はた》から見てありえない組み合わせです。誰《だれ》もそんなふうに思いません」

「なんだそれ。傍からどう見えようが、気にする必要はない」

「それはそのとおりですが、とにかく変なこと言わないでください」

「照れてるのか？　顔が真っ赤だ」

手首を摑《つか》まれて、薫は驚《おどろ》いて振り向いた。

「……っ！」

灰色の目と視線が合ってしまい、赤い顔が更《さら》に赤くなる。

どうしてゴードンは、こんなふうに自分をからかうのだろう。

自分の気持ちに気づいていて、わざと意地悪をしているのだろうか。

「………冗談だ」

今にも泣き出しそうな薫の顔に、さすがにやりすぎたと気づいたのだろう。ゴードンが、ばつの悪そうな表情で手首を放してくれる。

「悪かったよ、俺はいっぺんきみにセクハラで訴《うった》えられたほうがいいみたいだ」

「僕もそうしたいのはやまやまですが、社長が凄腕《すごうで》の弁護士を雇《やと》って僕をこてんぱんにするのが目に見えているので、無駄《むだ》なことはやめておきます」

「そうだそうだ、その金でコレクションを増やしたほうがいい」

ゴードンも自棄《やけ》になってるのか、口調がぞんざいになってくる。

こんなときに趣味《しゅみ》のミニチュア家具コレクションのことを持ち出され、薫もむっとして唇《くちびる》を尖《とが》らせた。

「出よう。もういいだろう」

「ちょっと待ってください。あの一角、まだ見てません」

奥まった場所にあるスペースを手で示し、ゴードンに訴える。オタクの性《さが》なのか、こういう会場はひととおり見てまわらないと気が済まないのだ。

ゴードンが肩《かた》をすくめ、松葉杖《まつばづえ》を構え直す。

一緒《いっしょ》に奥のスペースに向かっていると、人垣《ひとがき》の向こうに何かきらきらしたものがあるのが目に飛び込んできた。

(なんだろう……ガラスのオブジェ?)

いちばん奥のブースへ、まっすぐ進む。

濃紺《のうこん》のベルベットの生地《きじ》の上に並べられていたのは、今まで見たこともないような美しいスノードームだった。

(うわあ……これはすごい)

ガラスの球体の中に建物や動物などのミニチュアのオブジェが入っていて、逆さにして振《ふ》ると雪が舞《ま》い散るスノードームは、観光地のスーベニールショップでお馴染《なじ》みの商品だ。けれどこれは、スーベニールショップに置いてあるものとは全然違う。ガラスの球体はどっしりと大きく、中にはどこか懐《なつ》かしいような風景が広がっていた。

森の中の教会、川にかかった橋、丘《おか》の上にぽつんと立つ木と、それを見上げる人と犬……題材はさほど珍しいものではないが、こんなに精巧《せいこう》な細工のものを見たのは初めてだ。

中でも、オーソドックスな造りの家を閉じ込めた作品の数々が素晴《すば》らしかった。素朴《そぼく》な農家風の家、羽振《はぶ》りのよさそうな南部の家、老夫婦《ふうふ》が静かに暮らしていそうな家……それぞれの住人や生活がありありと目に浮《う》かんでくる。

「気に入ったのか?」

ふいにゴードンに話しかけられ、薫はスノードームから顔を上げた。

振り向くと、横に立っていたゴードンが、薫の顔をじっと見つめていた。

「……ええ、すごく」

少しくらくらして、薫は上擦《うわず》った声で返事をした。

スノードームの世界に入り込んでいて、一瞬ここがどこだかわからなかったのだ。

家でひとり、ミニチュア家具に見入っているときにときどき起きる現象で、薫はそれを至福の時間と呼んでいる。一種のトリップだと思うが、ゴードンの前でそんな姿を晒《さら》してしまったことに恥《は》ずかしさがこみ上げてきた。

「ああ、そんな顔をしてる。夢中になって、俺が隣《となり》に立ったのも気づかなかっただろう」

「……すみません」

「謝ることないさ。それで、きみを虜《とりこ》にした作品の作家はどこかな」

ブースには誰もいなかった。きょろきょろしていると、隣のブースにいた老婦人が気づいて話しかけてくれた。

「そのブースのかたは、今ちょっと外出中よ。ランチを買いに行っただけだから、すぐに戻《もど》ると思うわ」

「ありがとうございます」

「じゃあここで待つとするか」

「ええ、これはぜひ、うちの店に置きたいです。その前に、僕が全部買い占《し》めたいくらいです」

頬《ほお》を紅潮させて、薫は再びスノードームに見入った。

一時期はまっていたジオラマ作りを思い出す。あれも、城のプラモデルを引き立てるために始めたことだった。自分はどうも、家に関連するものにひどく心を引かれるらしい。

「ああ、戻ってきたわ。彼女がそうよ」

老婦人に声をかけられて、顔を上げる。

振り返ると、白いセーターとジーンズ姿の若い女性がこちらにやってくるところだった。紙《かみ》袋《ぶくろ》を手に、長い栗色《くりいろ》の髪《かみ》をなびかせながら軽《かろ》やかな足取りでこちらに向かってくる。

「こんにちは。もしかしてお待たせしちゃったかしら？」

落ち着いたアルトの声で言いながら、彼女が薫とゴードンを交互《こうご》に見やる。

「ええ、あの、えっと……」

茶色い瞳《ひとみ》に見つめられ、薫はどぎまぎして舌をもつれさせた。

理想のスノードームの作家と対面して、嬉《うれ》しさと緊張《きんちょう》がこみ上げてくる。しかも彼女はスノードームの印象そのものの穏《おだ》やかで上品な美人で、薫の中に一気に尊敬と憧《あこが》れの気持ちが広がっていった。

「失礼。私はウォルナッツ・ヒルでアンティークショップを経営しているゼルニックといいます。こちらはアシスタントのササガワ」

満足に話すこともできない薫を見かねたのか、横からゴードンが助け船を出してくれた。

「ウォルナッツ・ヒルのアンティークショップというと、ひょっとして〈エイプリル・ローズ〉？」

「そうです、ご存じでしたか」

「ええ、何度か行ったことあります。とても素敵《すてき》なお店ですよね。このペンダントも〈エイプ

リル・ローズ〉で買ったものなんですよ」

彼女が胸元《むなもと》のペンダントを指に引っかけてみせる。鳥の形のそれには、薫も見覚えがあった。

「ああ、まだ名乗ってませんでしたね。ジェシカ・ウィンターです。スノードーム、お気に召《め》して？」

「ええ、あの、すごく素敵です……！　こんなスノードームは初めて見ました。中のジオラマもご自分で作ってらっしゃるんですか？」

興奮して上擦った声で尋《たず》ねると、ジェシカが薫のほうへ向き直った。

「そうなの。スノードームを作り始めた頃《ころ》は市販《しはん》のキットを使ってたんだけど、だんだんそれじゃ物足りなくなって、家も木も全部手作り」

「ここまで精巧に作り込んであると、ほんとすごくリアルで、見てて引き込まれます！　特にこの家のシリーズは、見てると時間が経《た》つのも忘れてしまうくらいで……っ」

早口で鼻息の荒《あら》い力説に、ジェシカが少々困惑《こんわく》したような表情でぎこちない笑《え》みを作った。

「ありがとう……」

「すみません、ウィンターさん。彼はいつもはクールなんですが、あなたの作品を見て興奮してるんです。私が話しかけても、しばらくこっちの世界に戻ってこられなかったくらいで」

「まあ、本当に？　ミニチュアの世界がお好きなのね？」

ゴードンの解説を聞いて、ジェシカの表情に柔《やわ》らかな笑みが広がった。

「ええ、大好きです！　子供の頃からミニチュアに目がなくて、ほんとにその……ええと、ごめんなさい、自分でも何言ってるかわからなくて……っ」

薫の興奮ぶりに、ジェシカが可笑《おか》しそうにくすくすと笑う。

「ウィンターさん、ご存じかもしれませんが、〈エイプリル・ローズ〉では一年ほど前からクラフト作家の作品を展示販売《はんばい》しているんです。そこで、ぜひあなたの作品を委託《いたく》販売させていただきたいのですが」

ゴードンの申し出に、ジェシカが目を丸くした。

「……本当に？　私の作ったスノードームを、〈エイプリル・ローズ〉に置いてもらえるの？」

「ええ、ネットでの通販《つうはん》も」

「すごいわ……嘘《うそ》みたい。ええ、ぜひ、お願いします」

「よかったな、薫。ウィンターさんが快諾《かいだく》してくれたぞ」

軽く肩を抱《だ》き寄せられて、再びスノードームに見入っていた薫は目を白黒させながら頷《うなず》いた。

「今は店も休暇中《きゅうか》ですので、詳《くわ》しいことは休暇明けに……ああ、まだ名刺《めいし》をお渡《わた》ししてませんでしたね」

ゴードンが財布《さいふ》から名刺を出してジェシカに差し出す。

受け取りながら、彼女はゴードンの松葉杖《まつばづえ》に目を向けた。

「怪我《けが》をされたんですか？」

「ええ、ちょっと。雪で滑《すべ》って転んでしまいまして」

「まあ、それは災難でしたね」

「災難だったのは彼ですよ。本当は私ひとりで来るはずだったんですが、こうして私の面倒《めんどう》を見る羽目になってしまって」

何か言われているらしいのは気づいていたが、薫はそれどころではなかった。

ブースに並んだスノードームをできれば全部、せめて家のシリーズだけでも買いたいのだが、すべて手作りとあってそれなりの値段だ。こういう場所ではクレジットカードは使えないし、現金はあまり持ち歩いていないので二個しか買えそうにない。

どれを買うか、眉間《みけん》に皺《しわ》を寄せて考える。農家風の家は絶対外せない。あとは南部の金持ち風の家にするか、それとも煉瓦《れんが》造りの瀟洒《しょうしゃ》な家にするか……。

「薫、どうしたんだ、難しい顔をして」

「えっと、この家のシリーズを全部買いたいんですけど、あいにく持ち合わせがあまりないのでどれにしようかと……」

必死な形相の薫に、ゴードンが苦笑《くしょう》した。

「全部買ってやるよ。休暇につき合わせてしまったからな」

「そういうわけにはいきません。そうだ社長、すみませんがお金を貸してください」

「だめだ。これは俺が買う。で、アシスタントにプレゼントする。他《ほか》に選択肢《せんたくし》はなしだ」

「…………」

困惑してゴードンの顔を見上げると、ジェシカが横でくすくすと笑った。

「決まりみたいね」

「そういうことだ」

「……では、お言葉に甘えて遠慮《えんりょ》なく……」

神妙《しんみょう》な面持《おもも》ちで、薫はぺこりと日本風に頭を下げた。いつもだったら丁重《ていちょう》に辞退するところだが、コレクター魂《だましい》が遠慮に打ち勝ってしまった。

「この家のシリーズは、私のいちばんの自信作なの。気に入ってもらえてすごく嬉しいわ」

「僕もです。家シリーズって他にもあるんですか？」

「作りかけのがいくつか……できたらお見せしましょうか？」

「ぜひそうしてください。電話でもメールでも、連絡《れんらく》いただけたら飛んでいきます」

「ほんとに飛んでいきそうで怖《こわ》いよ」

言いながら、ゴードンが財布から紙幣《しへい》を出して会計を済ませる。

五個のスノードームが入った紙袋を、薫はしっかりと両手で受け取った。

「お会いできてよかったです。新作、楽しみにしてます」

「こちらこそ、あなたがたにお会いできてよかったわ」

ジェシカに別れを告げて出口に向かいながら、薫は上機嫌《じょうきげん》でゴードンの横顔を見上げた。

「ありがとうございます。今夜はなんでも、社長の好きなものを作ります。他にも何か希望があれば言ってください」

「じゃあ一緒《いっしょ》に風呂《ふろ》に入ってもらおうかな」

「…………は？」

ゴードンの言葉に、薫は思いきり顔をしかめた。

しかし表情とは裏腹に、みるみる顔が赤くなっていく。

一度だけ目にしたゴードンの半裸《はんら》姿がくっきりと瞼《まぶた》に浮《う》かび、自分が彼と一緒に風呂に入るところを想像してしまい……。

「怪我してると、洗うのが大変なんだ。手伝ってもらえると助かるんだが」

ゴードンが、薫の顔を見下ろしてにやにやする。

またからかわれているのだとわかって、薫は少し落ち着きを取り戻《もど》した。

「それは却下《きやつか》です。常識の範囲《はんい》内でお願いします」

「そんなに非常識なリクエストかな？」

「社長と部下という立場を考えれば、非常に問題です」

「わかったよ。それじゃあ髭《ひげ》を剃《そ》ってもらおうかな。怪我をしてると剃るのが大変なんだ」

「社長はいつも足で髭を剃ってるんですか？」

ゴードンの軽口に言い返しているうちに、頬《ほお》の赤みが引いていく。

駐車場《ちゆうしやじよう》にたどりつく頃には平常心を取り戻し、薫はレクサスのロックを解除した。


その晩はゴードンのリクエストのビーフストロガノフと豆のサラダを作り、新年のお祝いに赤ワインを一本開けた。

夕食後、ゴードンがシャワーを浴びてくるといって寝室《しんしつ》に行ったので、薫は食器を洗うのはあとまわしにして居間でスノードームを眺《なが》めることにした。

もちろん別荘《べっそう》に戻ってすぐに包みをほどいてひととおり眺めたのだが、ゴードンの視線が気になって妄想《もうそう》の世界に入り込めず……薫としては、堪能《たんのう》したとは言い難《がた》かったのだ。

まずは農家風の家のスノードームを手に取り、小さな世界を覗《のぞ》き込む。

（ほんとに、すごく繊細《せんさい》で綺麗《きれい》だ……）

見れば見るほど、細部まで丁寧《ていねい》に作り込んであるのがよくわかる。古びた木のドア、ポーチに置かれたベンチ、さりげなく小さな藁箒《わらぼうき》まで立て掛《か》けられていて、この家に住む家族が目に浮かんでくる。

庭の小さな木のまわりで子供たちが遊び、納屋《なや》では父親が農機具の手入れをし、その頃キッチンでは母親がオーブンから焼き上がったクッキーを取り出して……。

時が経つのも忘れて、薫はスノードームの世界に見入った。吹雪《ふぶき》の中、この家で過ごす夜はどんな感じなのだろう。自分だったらまずは熱いコーヒーを用意して、暖炉《だんろ》の前のロッキングチェアに座る。そしてしばらく炎《ほのお》が躍《おど》る様子を眺めたあと、読みかけの推理小説を開くのだ。

（ロッキングチェアは……そう、社長がプレゼントしてくれたあの椅子《いす》がいいな）

ミニチュアのロッキングチェアに座ってくつろぐ自分を想像し、口元に笑みを浮かべる。

長い冬の夜を、そんなふうに過ごせたら最高だ。

隣《となり》にゴードンがいてくれたら、もっといい。

何もしゃべらなくても、ただそこにいてくれるだけで――。

「新しい玩具《おもちゃ》に夢中になってる子供みたいだな」

ふいに妄想の世界に割って入った声に、薫は驚《おどろ》いて顔を上げた。

いつからそこにいたのか、濃紺《のうこん》のパジャマ姿のゴードンが、居間の出入り口にもたれてじっと薫を見下ろしている。

「……社長……」

「スノードームの世界に入り込んでるときのきみは、実に幸せそうだ」

言いながら、ゴードンが松葉杖《まつばづえ》を使ってゆっくりと近づいてくる。

「黙《だま》って見てるなんて、社長も人が悪いですね」

また妄想中の姿を見られてしまい、ばつが悪くなって薫は唇《くちびる》を尖《とが》らせた。

「別に足音を忍《しの》ばせて来たわけじゃないぞ。俺が居間に来たことに、きみが気づかなかっただけだ」

「ええ、全然気づきませんでした。僕の悪い癖《くせ》なんです。多分強盗《ごうとう》に入られても気づかないと思います」

スノードームをそっとローテーブルの上に置き、ソファにもたれてため息をつく。

ゴードンが隣にどさりと座り、薫のほうへ体を向けた。

「続けていいぞ」

「え？」

「妄想。俺に構わず続けてくれ」

真顔で言われて、薫はかあっと頬を染めた。

「いえ、結構です……！　そうだ、食器を洗わないと」

とりあえずこの場から逃《に》げようと立ち上がりかけるが、ゴードンに手首を摑《つか》まれて引き戻されてしまう。

「あとで俺がやっとく。食器洗い機に食器を突《つ》っ込むくらいは俺でもできる」

「でも……」

「いいからここに座ってスノードームを眺めてろ。俺はそんなきみを眺めて楽しむことにするから」

ゴードンが、まるで仕事の指示をするときのように真面目《まじめ》な表情で言ってのける。

一瞬《いっしゅん》本気にしてしまいそうになり、慌《あわ》てて薫は苦笑の表情を作った。

「……それは……冗談《じょうだん》にしてもきつすぎます」

「そうか？　きみは気づいていないようだが、スノードームに夢中になってるきみは、すごく見《み》応《ごた》えがあって面白《おもしろ》いぞ」

「やっぱりからかってるんですね」

「いや、そうじゃない。言い方が悪かったな。きみにも経験ないかな？　何かに夢中になっている人を見て、こっちも幸せな気分になったこと」

「…………」

大いにある。薫はさほどスポーツに興味はないが、贔屓《ひいき》のチームが優勝して喜ぶ人たちを見るとこっちまでなんだか嬉《うれ》しくなるし、折り紙の動物に歓声《かんせい》を上げていたエミリーを見てハッピーな気分になれた。

「どうした、黙り込んで」

「……社長がそういうこと言うの、すごく意外で……」

「ああ、俺もそう思う。実際今まで人の趣味《しゅみ》なんてどうでもよかったし、誰《だれ》かが喜ぶ姿を見て自分も楽しい気分になれるとも思わなかった」

「それはええと、僕のおかげで人間らしい感情に目覚めたってことですね」

照れ隠《かく》しに、わざと憎《にく》まれ口を叩《たた》く。

ゴードンはふっと口元を緩《ゆる》めただけで何も言わず、スノードームをひとつ手に取った。

「正直、俺にはこれのどこがきみをそんなに惹《ひ》きつけるのかよくわからない」

その口調に揶揄《やゆ》するような響《ひび》きはなく、ゴードンが理解したいと感じているのが伝わってきた。

しばし宙を見上げ、どうやって説明しようか考える。

「……僕がもともとミニチュア好きってのもあると思うんですけど、スノードームはこうやって小さな世界をガラスの球体に閉じ込めることで、よりいっそう世界観が確立するんです。えと……うまく言えませんが、これひとつで完結した小宇宙というか」

「きみのドールハウスもそう？」

「ドールハウスも小宇宙ではあるんですが、もうちょっと広がりがあるっていうか、完結はしてないんですよ。だからこそ自分であれこれ並べ替《か》えたり組み合わせたりできる面白さがあるんですが、このスノードームは……問答無用で見た瞬間《しゅんかん》に僕を小宇宙に引き込むんです」

「……ああ、なんとなくわかってきた。俺の感覚では、イギリス風の庭園がドールハウスで、日本の盆栽《ぼんさい》がスノードームだ。それで合ってる？」

「ええ、ええ、その喩《たと》え、すごくわかりやすいです！　そうなんです、ドールハウスは未完成の魅力《みりょく》があって、スノードームは完成された世界なんです」

「なるほど。それできみは、このスノードームを見たとたんにこの小さな家の庭に立っていたわけだな」

「そうなんです！　もうほんとに、この小径《こみち》を歩いてポーチに続く階段を上って、ドアを開けようとしてて」

拳《こぶし》を握《にぎ》り締《し》めて力説する薫を、ゴードンが灰色の目を細めて見つめた。

「……ああ、やっぱり。そうやって熱く語るきみを見ていると、こっちも幸せな気分になれる」

「それは……どうも」

「きみは俺の親父《おやじ》に似てる。親父も、アンティークを語るときはすごく情熱的だった。母は好みがはっきりしてて自分の好きなものにしか関心を示さないんだが、父は古いものへの愛情が深くて、どんなおんぼろでも修理や手入れの手間を惜《お》しまなかった。眠《ねむ》っていた古いものをよみがえらせて、望んでいる人のところへ届けられるよう橋渡《はしわた》しをするのが自分の役目だと」

「……僕はそんなにできた人間じゃないです」

「いやいや、俺にアンティークキルトも取り扱《あつか》うべきだと言ってきたときのきみは、親父にそっくりだったぞ。俺にはキルトの価値がわからないが、きみの力説を聞いているうちに、店に置いてみてもいいかなと思えるようになったんだからな」

「ああ……そういえば必死でキルトの解説をした記憶《きおく》があります」

「あのとき、俺は本当にいいアシスタントを雇《やと》ったなとしみじみ思ったんだ。もちろんその前からきみが歴代のアシスタントの中でいちばん真面目で努力家で優秀《ゆうしゅう》だとはわかってたんだが、なんていうか、ここに来た」

言いながら、ゴードンが自分の左胸を指さす。

ハートに来たと言ってくれているのだとわかって、薫のハートも大きく高鳴った。

(……すごく嬉しい……)

恋人《こいびと》にはなれなくても、少々オタクな部分も込みで認めてくれている。

こんなふうに誰かに全面的に受け入れてもらえたのは初めてで、薫はますますゴードンへの想《おも》いが募《つの》るのを止めることができなかった。

「俺は……やっぱりアンティークもクラフト作品も商品としてしか見られない。しかし、自分で言うのもなんだが商売の才覚はずば抜《ぬ》けている」

ゴードンが薫の反応を探《さぐ》るように見つめてきたので、薫は苦笑《くしょう》しながら頷《うなず》いた。

「それについては異論はありません」

「だろう？　だけど、父親のことを思い出すと、自分には商品に対する愛情や熱意が足りないと思うこともある」

「でもまあ、愛情があればいいってもんでもないと思いますよ。ビジネスの場面では、ときには私情を捨てて冷静な目で判断しなくちゃならないこともある。僕に欠けてるのはそれです」

「確かに。きみは少々商品や作家に肩入《かたい》れしすぎる傾向《けいこう》があるな。覚えてるか？　きみがこれは絶対売れるって言って仕入れた、底に穴の開いた銅のケトル……」

ふたりで顔を見合わせて、ぷっと噴《ふ》き出す。

「ええ、あれは大失敗でした。素敵《すてき》なインテリアになると思ったんですけど」

「そのうち誰かがそのことに気づいてくれるさ」

言いながら、ゴードンが手にしていたスノードームをローテーブルに戻《もど》す。

ソファに座り直したゴードンが間合いを詰《つ》めてきたので、薫はぎくりとして体を硬《かた》くした。

「俺たちは、すごくいいコンビだと思わないか？　一緒《いっしょ》にいれば、互《たが》いの足りない部分を補い合うことができる」

灰色の瞳《ひとみ》に見つめられ、薫はごくりと唾《つば》を飲み込んだ。

ゴードンにそのつもりはないのだろうが……まるでプロポーズのような言葉にどぎまぎしてしまう。

「……ええ、そうですね」

勘違《かんちが》いしそうになる気持ちにストップをかけ、薫は視線をそらして頷いた。

「そう思うか？」

「ええ、思います。いい上司に恵《めぐ》まれてよかったなと……」

言いかけたところでふいに抱《だ》き寄せられて、薫は驚《おどろ》いて目を見開いた。

灰色の瞳が間近に迫《せま》り、フランネルのシャツを通して大きな手のひらの熱がびりびりと伝わってくる。

「ど、どうしたんですか？」

「………」

何も言わずに、ゴードンが唇《くちびる》を寄せてくる。

彼がキスしようとしているのだと気づいて、薫は慌ててゴードンの肩を押し返した。

「社長！　ここ、ヤドリギの下じゃありませんけど！」

「わかってる」

「じゃあなんで……っ」

「きみにキスしたい。だからする」

「ええっ、ちょ、ちょっと……っ！」

ソファの上に仰向《あおむ》けに押し倒《たお》されて、薫はじたばたともがいた。

けれど力で敵《かな》うはずもなく、両手首を掴《つか》まれて顔の横に縫《ぬ》い留められてしまう。

「社長……！」

ゴードンの顔が近づいてきて、薫は体を強《こわ》ばらせた。

ヤドリギのときは単なる儀式《ぎしき》みたいなものだったが、今のゴードンは目がやけにぎらついていて、知らない男性のようで怖《こわ》い。

「いい加減、ゴードンと呼んでくれ。前にもそう言っただろう……」

掠《かす》れた声が、甘く囁《ささや》く。

いつものゴードンと全然違う。紳士《しんし》の仮面を脱《ぬ》ぎ捨てて男の欲望《よくぼう》を剝《む》き出しにし、そのくせ聞いたこともないような甘い声で囁いてきて……。

怖くてたまらないのに、体の芯《しん》がじんじんと痺《しび》れている。

逃《に》げたいのか、それともこのままゴードンにされるままになりたいのか、自分でもよくわからなかった。

「……っ！」

唇を覆《おお》われて、薫は足の指まで電流が走るのを感じた。

――やっぱりだめだ。こんなことをされたら、奥手な体はあっというまに燃え上がってしまう。

顔を背《そむ》けて逃《のが》れようとするが、唇は執拗《しつよう》に追ってきた。再び捕《つか》まって、唇を重ねられてしまう。

「ん、んん……っ！」

唇を割って入ろうとした熱い舌に、薫は驚いて声を上げた。

クリスマスのキスは、軽く表面に触《ふ》れるだけだった。けれど今、ゴードンは舌を絡《から》める官能的なキスをしようとしている——。

「い、いや……っ！」

左右に首を振《ふ》って逃れるが、追ってきたゴードンに再び唇を塞《ふさ》がれてしまう。

しかも今度は大きな手で頬《ほお》を掴まれてしまい、もう逃れることができなかった。

「……ん……っ」

熱い舌が、無遠慮《ぶえんりょ》に押し入ってくる。

口腔《こうこう》内を隈《くま》なく舐《な》めまわし、逃げ惑《まど》う薫の舌に絡みつき……。

衝撃的《しょうげきてき》なその感覚に、薫は何も考えられなくなってしまった。

全身の力がぐったりと抜けて、ゴードンにされるがままになる。

熱い粘膜《ねんまく》の感触《かんしょく》だけがやけに鮮明《せんめい》で、耳元でうるさく鳴っている音が自分の心音だというこ
とがしばらく理解できなかった。

（あ……）

初めてのディープキスは、体がとろけていくような感覚をもたらした。

気持ちよくて、どうにかなってしまいそうだ。このままゴードンの逞《たくま》しい腕《うで》で、すべてを奪《うば》
って欲しいと願うほどに……。

「薫……」

名前を呼ばれて、うっとりと聞き入ってしまう。

この声で名前を呼ばれるたびに自分がどんなにときめいているか、ゴードンは知るよしもな

いだろう。

「もう脱がないと、まずいかな」

耳元で、笑いを含《ふく》んだ声で囁かれ、薫はぼんやりと目を開けた。

「……え……？」

「ここ。もうこんなになってる」

「あ……っ！」

コーデュロイのズボンの上から大きな手でまさぐられ、薫はびくびくと身悶《みもだ》えた。

その拍子《ひょうし》に、ゴードンの右手に覆われた場所が硬《かた》く高ぶっていることに気づく。

「い、いや、触《さわ》らないで……っ」

「恥《は》ずかしがらなくていい。こうなってしまったのは俺の責任だ」

言いながら、ゴードンの大きな手がゆるゆると硬い部分を撫《な》でまわす。

先走りが漏《も》れそうな気配に、薫はさあっと青ざめた。

「もう、ほんとにまずいので、バスルームに行かせてください……っ」

「行ってどうするんだ？　自分で擦《こす》って出すのか？」

「意地悪しないでください！　あ、もう、よ、汚《よご》れちゃう……っ」

「それはまずいな。ズボンを汚す前に脱がないと」

「だめ……っ」

ズボンのベルトに手をかけられて、薫は弱々しく身をよじった。

抵抗《ていこう》しなければと思うのに、体がまったく言うことを聞かない。

ゴードンの大きな手が、薫の細い腰《こし》に巻かれたベルトを丁寧《ていねい》に外す。

ゴードンの手が感じている場所に当たるたびに、薫はびくびく震えながら先走りを漏らした。

もうすぐゴードンに、先走りで濡《ぬ》れた下着を見られてしまう。

恥ずかしくて消え入りたいのに、心の片隅《かたすみ》にある破廉恥《はれんち》な欲望は、恥ずかしい秘密をゴードンに見られたがって疼《うず》いている。

「……あ、あ……っ」

ゆっくりファスナーを下ろされて、薫は両手で顔を覆って羞恥《しゅうち》に身悶えた。

伸縮性《しんしゅく》のある薄《うす》い布地に、小ぶりで初々《ういうい》しい形のペニスがくっきりと浮《う》かび上がっている。

しかも亀頭《きとう》を覆う部分には、ぽつんと小さな染《し》みができており……。

ゴードンの反応は、怖くてとても直視できなかった。

「……意外だな。きみがこんなセクシーな下着を穿《は》いてるなんて」

鮮《あざ》やかな水色のビキニを目にして、ゴードンが驚いたように感想を述べる。

「……っ」

顔を覆ったまま、薫はかあっと頬を赤らめた。

セクシーな下着の数々は、薫の密《ひそ》かなコレクションのひとつだ。

普段《ふだん》の服装が地味なので、せめて下着くらいは……と思ったのが始まりだが、それもゴードンのもとで働くようになってからのことで、つまりは彼への恋心《こいごころ》を自覚してから始めたコレクションであって……。

「しかも、ここが少し濡れてる」

「ひあ……っ！」

指先で小さな染みをつつかれたとたん、先走りがどっと溢《あふ》れるのがわかった。

いやらしい染みがじわじわと広がっていくさまを、灰色の瞳がじっと見つめる。

ゴードンの視線にさらされて、薫はますます体が高ぶるのを感じた。

「すごく感じやすいんだな。ちょっと触っただけで、こんなに濡らして」

薫の秘密を暴《あば》いたゴードンが、唇に笑《え》みを浮かべる。

「や、やめてください……っ」

初《うぶ》な体をからかうように指の腹で染みの部分をなぞられて、薫は身をよじって抗議《こうぎ》した。

「だけど、こうすると気持ちいいんだろう？」

ゴードンの指が、布地の上から亀頭の割れ目を優《やさ》しく撫でる。

「やっ、あ、あああ……っ！」

鈴口《すずぐち》を弄《いじ》られて、今にも弾《はじ》けそうだった欲望に限界が訪《おとず》れた。

びくびくと身悶えながら、下着の中で射精する。

水色のビキニが白濁《はくだく》で汚されるさまに、ゴードンの灰色の瞳《ひとみ》が驚《おどろ》いたように見開かれた。

「なんてこった……嘘《うそ》だろう……まさかこんな……」

ゴードンが、口の中で何度もくり返す。

普段は使わないような悪態をついているのが耳に入って、薫は血の気が引いていくのを感じた。

あまりにあっけない射精に、ひどく呆《あき》れられてしまったらしい。

急に悲しくなって、薫は急いで起き上がって震える指でズボンのファスナーを上げた。

「だめだ、ズボンが汚れる」

「いいんです、もう……」

これ以上、ゴードンに呆れられるのは耐《た》えられない。立ち上がってゴードンに背中を向けてベルトを締《し》め、薫はよろめきながら居間の出入り口に向かった。

「ちょっと待ってくれ。悪かった、謝るよ。その、強引《ごういん》に触ったりして……」

ゴードンの口調にからかうような響《ひび》きはなく、真剣《しんけん》に謝っていることは伝わってきた。

けれど、今はその話はしたくなかった。

「いえ、僕こそすみません。おやすみなさい」

振り返らずに早口で言って、薫は二階の寝室《しんしつ》へ駆《か》け上がった。

7

翌朝、薫はひどく気まずい思いで目覚めた。

ゆうべは部屋に駆け込んだあと涙《なみだ》が止まらなくなって、声を殺して泣き続けた。

(多分、目が腫《は》れてるな……)

鏡を見るのが怖《こわ》い。あの程度のことで泣き腫らしたなどと知られたら、ゴードンを更《さら》に呆れさせてしまう。

できることなら、仮病《けびょう》でも使って部屋にこもっていたかった。

しかし、部屋に閉じこもって落ち込んでいたところで何も解決しない。

それに、彼は怪我《けが》で足が不自由だ。自分はその世話をするためにここへ来たのではなかったのか。

意を決して、ベッドの上に起き上がる。

ゆうべのことを言われたらなんと答えるか、あれこれシミュレーションしながらクローゼットの中から紺色《こんいろ》のセーターとジーンズを引っ張り出す。

下着を入れた引き出しを開け……薫はため息をついた。

どうして自分は、いったんコレクションを始めると歯止めがきかないのだろう。さすがに旅行には持ってこなかったが、先日通販《つうはん》で買ったあれやこれを思い出すと冷や汗《あせ》が出てくる。

（片想《かたおも》い期間が長すぎて、頭がどうかしていたに違《ちが》いない）

しかしこの片想いも、そろそろ決着をつけねばならないときが来たようだ。

自分から告白して玉砕《ぎょくさい》するか……しかし告白してしまったら、もう〈エイプリル・ローズ〉にはいられなくなる。ゴードンだって、男の部下から真剣な想いを寄せられていると知ったら、仕事がやりづらいだろう。

（前々アシスタントと同じ運命か……）

暗澹《あんたん》たる気分で、バスルームへ向かう。

熱いシャワーを浴びて、薫は鏡を見ないようにして身支度《みじたく》を整えた。

それでも気になり、部屋を出る前にちらりと鏡を見やる。幸い目は思ったほど腫れておらず、少し気分が浮上《ふじょう》する。

（だいたいなんで社長はあんなこと……）

思い出すと、恥ずかしさと同時に胸が甘く疼くような感情がこみ上げてきた。

ゴードンは、言葉は意地悪だけど、触《ふ》れてくる指は優しかった。

初な自分をからかっているだけだろうが、冗談《じょうだん》にしてもキスしてきたり、結婚《けっこん》を口にしたり……。

（……勘違《かんちが》いしそうになるのがいちばん困る）

恋をすると、人は相手の言動を自分に都合のいいように解釈《かいしゃく》するようになる。

昔何かで読んだフレーズを思い出して、薫は心の片隅にある淡《あわ》い期待を振《ふ》り払《はら》った。

階段を下りていくと、ゴードンは既《すで》に起きてダイニングでコーヒーを飲んでいた。

「おはよう」

「……おはようございます」

「コーヒー、飲むか？　あと、トースト焼いてるけど」

「ええ、いただきます」

互《たが》いに棒読みの、ぎこちない会話をかわす。

どうしてもゴードンの顔を見ることができなくて、薫はしきりに瞬《まばた》きをくり返した。

気まずい空気の中、ダイニングテーブルで向かい合って朝食をとる。

食欲《しょくよく》はなかったが、ゆうべのことで落ち込んでいると思われたくなくて、薫は無理やりトーストをコーヒーで流し込んだ。

「それで……きみと話し合いたいんだが、いいかな」

「……はい」

覚悟《かくご》を決めて、頷《うなず》く。どういう結末になっても、宙ぶらりんな状態でいるよりは白黒はっきりさせたほうがいい。

「ゆうべのことだが」

しかしゴードンが切り出した途端《とたん》、薫はたちまち怖《お》じ気づいてしまった。

「あれは、お互いに、なかったことにしませんか」

急いで遮《さえぎ》り、視線をさまよわせる。

「そうはいかない。話し合わないと」

「いえ、僕は話したくありません。念のため言っておきますが、怒《おこ》ってるわけじゃありません。僕も大学の寮《りょう》にいましたから、ときどき男同士で悪ふざけがエスカレートすることもあるってことは知ってます。普《ふ》通《つう》はさらっと対処して笑い話にできるんでしょうけど、僕はああいうことに慣れていなくて、つい過剰《かじょう》反応してしまいました。それだけのことで、つまりえっと、社長は気になさらないでください」

早口でまくし立てる薫を、ゴードンが呆気《あっけ》にとられたように見つめる。

（……しまった。話したくないと言ったくせに、しゃべりすぎだ）

どうして自分はいつもこうなのだろう。唇《くちびる》を噛《か》み締めて、己《おのれ》の暴走しがちな口を呪《のろ》う。

「……わかった。とりあえず、そういうことにしておこう」

結論を先延ばしにするのが大嫌《だいきら》いなゴードンらしからぬセリフだ。やはりゴードンも、あの一件のことは持てあましているらしい。

「話題を変えよう。仕事のことだ。実はきみに提案があるんだ」

「なんでしょう」

顔を上げて、薫はゴードンの顔を見上げた。

目が合って思わずそらしたくなってしまうが、我慢《がまん》してなんとか彼の鼻のあたりに視線をさまよわせる。

「考えたんだが、ジェシカを今夜夕食に招待しないか？　せっかく近くにいるんだし、ある程度仕事の話も進めておきたいし」

思いがけない提案に、薫は数秒間固まってしまった。

仕事相手と食事をすることは珍《めずら》しくないが、クラフト作家を夕食に招くのは初めてだ。しかも昨日会ったばかりで、まだ契約《けいやく》もしていない相手である。

「……ええ、いいと思います」

薫としては、そう言うしかなかった。

それに、誰《だれ》かがいたほうがこの気まずい空気を感じなくて済む。ジェシカがいればゆうべのようなおかしなことにはならないだろうし、そのほうがいいかもしれない。

「よし、決まりだ。じゃあさっそく電話してみるよ」

ゴードンが嬉《うれ》しそうに、両手を広げてみせる。

「楽しみですね」

ふたりきりで過ごすのは避けたいが、ゴードンの嬉しそうな表情も複雑で……薫は飲みたくもないコーヒーのおかわりを淹《い》れに、キッチンへ向かった。

――午後七時。約束の時間ぴったりに、別荘《べっそう》の敷地《しきち》内にクリームイエローの小型車がゆっくりと入ってきた。

「いらっしゃい」

ゴードンが、玄関《げんかん》のドアを開けてジェシカを出迎《でむか》える。

今夜のゴードンは、瞳《ひとみ》の色を思わせるグレーのショールカラーのセーターに、黒いウールのズボン姿だ。

ここのところゴードンの私服姿を目にする機会が増えたが、今日のコーディネートがいちばん彼に似合っていて素敵《すてき》に見える。そして、松葉杖《まつばづえ》をついていてもゴードンがとびきり目を引く男前であることに変わりはなかった。

「こんばんは、お招きどうもありがとう。これ、おふたりに」

「どうもありがとうございます」

ジェシカから手土産《てみやげ》の箱を差し出され、薫は笑《え》みを浮《う》かべて受け取った。

「アップルパイなの。形はちょっといびつになっちゃったけど、味は保証するわ」

「ウィンターさんが作ってくださったんですか」

「そうよ。お菓子《かし》作りも私の趣味《しゅみ》のひとつなの。それと、どうかおふたりともジェシカと呼んでちょうだい」

ゴードンが笑顔で頷く。

「そうしよう。ゴードンだ」

「ゴードンね。ミスター・ササガワ、あなたのお名前は?」

「薫です」

「カオ……?」

ジェシカが首を傾《かし》げたので、薫はもう一度ゆっくりと発音した。

「カ、オ、ル。発音しにくいみたいで、たいていの人はキャオルとかコールになっちゃいますけど」

「カオル……そうね、油断してるとキャオルになっちゃいそう」

そういえば、ゴードンは薫の名前をかなり正確に発音してくれる数少ないアメリカ人のひとりだ。彼の呼びかけが耳に心地《ここち》いいのは、そのせいもあるのだろう。

「どうぞおかけください。飲みものを持ってきます」

キッチンに行って、三人分のライムソーダを用意する。ついでにジェシカ持参のアップルパイの箱を開けて、薫は顔をほころばせた。

彼女の申告《しんこく》どおり、ちょっぴり形が歪《ゆが》んではいるが、それもホームメイドの味わいだ。りんごとシナモンのいい香《かお》りに、母の手作りのアップルパイを思い出す。

(美味《おい》しそう……デザートにはこれを出そうかな)

料理はできるが、お菓子作りは未経験だ。今夜のデザート用に何種類かのアイスクリームと果物を買ってきたが、せっかくなのでこのアップルパイにバニラアイスを添《そ》えて出そうと決める。

居間に戻《もど》ると、ジェシカはゴードンと一緒《いっしょ》に暖炉《だんろ》の前のソファに座り、何やら楽しそうに笑い声を立てていた。偶然《ぐうぜん》彼女も明るいグレーのワンピースをまとっており、そうしてふたりで並んでいると、まるで似合いのカップルのようだった。

脳裏《のうり》にちらりとよぎった嫉妬心《しっとしん》を、慌《あわ》てて振り払う。

ゴードンと一緒にいる女性にいちいち妬《や》いてしまうなんて、かなり参っている証拠《しょうこ》だ——。

「……どうぞ」

笑顔を作り、グラスの載《の》ったトレイをローテーブルに置く。

「ああ、どうもありがとう。スノードーム、さっそく飾《かざ》ってくれたのね」

ジェシカが暖炉の上の飾り棚《だな》を見上げ、嬉しそうに微笑《ほほえ》んだ。

「ええ、どれも見れば見るほど細部が凝《こ》ってて、ずっと見てても飽《あ》きないです」

「薫はこれを見始めると、俺が話しかけても気づかないんだ。スノードームの中に行ったきり、なかなか帰ってこない」

少々オーバーな言い方に、薫はわずかに眉根《まゆね》を寄せた。数秒後、ゴードンなりに彼女を持ち上げているのだということに気づき、苦笑《くしょう》してやり過ごすことにする。

「ねえ、さっきゴードンから聞いたんだけど、あなたは日本人なんですってね」

「ええ、そうです。生まれはこっちで、アメリカ暮らしのほうが長いんですけど」

「実は私、高校時代に交換《こうかん》留学で日本に行ったことがあるのよ」

ジェシカの意外な経歴に、薫は目を見開いた。

「ほんとですか？　それは、日本に興味があったから？」

「ええ、盆栽《ぼんさい》に興味があったの。考えてみたら私も昔からミニチュアが好きだったわ。それと漢字。あの形に惹《ひ》かれて、交換留学先では習字の授業も受けたのよ」

「漢字……子供の頃《ころ》、覚えるのに苦労しました」

思い出して、ため息をつく。実は今でも苦手で、日本の顧客《こきゃく》向けのメールを打つときは辞書が欠かせない。

「そうそう、あなたのカオルっていう字はどんな字？」

彼女に尋《たず》ねられたので、薫はそばのキャビネットからペンとメモ用紙を持ってきた。

「こういう字です」

横から覗《のぞ》き込んだゴードンが、眉間《みけん》に皺《しわ》を寄せる。

「難しいな。どこがどうなってるのかさっぱりだ」

「日本人は、これを書く順番も含《ふく》めて全部覚えてるのよ。ね？」

「いや僕は……書き順は結構いい加減なんです。形さえ合ってればいいかなって」

正直に告白すると、ジェシカが声を立てて笑った。

「漢字にはひとつひとつ意味があるんでしょう？　あなたの名前は、どういう意味？」

「僕は五月生まれで、日本では初夏に吹《ふ》く風を薫風《くんぷう》というんです。これは、風という意味の漢字で……」

薫という文字の横に風を書き足して説明する。

「初夏の風は青葉の香《かお》りを運んでくるので、薫という字は香りの意味もあります。五月生まれだから、両親はそれにちなんだ字を選んだってことですね」

「知らなかったな。五月の風の、青葉の香りか。薫のイメージにぴったりだ」

「ええ、爽《さわ》やかな好青年って感じ」

「でも、オタクですけどね」

わざとおどけたように言うと、ジェシカがまた声を立てて笑った。

彼女の笑い声は、明るくて耳に心地いい。女性は苦手なほうだが、薫はジェシカには初対面のときからいい印象を持っていた。

美人で洗練されていて、なんといっても素晴《すば》らしいスノードームの作り手だ。多分、年齢《ねんれい》もゴードンと同じくらいだろう。ヒールを履《は》いているので正確なところはわからないが、身長も薫より高そうだ。

(こんな素敵な人にだったら、ゴードンを取られても諦《あきら》めがつくかな……)

薫の書いた漢字のメモを見ながら話しているふたりを、ぼんやりと見つめる。

この別荘の庭は、初夏には薔薇《ばら》が咲《さ》き誇《ほこ》るだろう。ふたりの結婚《けっこん》式まで思い浮かべてしまい、胸がちくりと痛む。

頭では似合いのふたりだと思っても、心はまだ折り合いがつかなかった。

ゴードンの結婚を、心から祝福できる日は来るのだろうか……。

「さて、そろそろ食事にしようか」

「……あ、はい、そうですね。用意できてますので、どうぞ」

ゴードンのセリフに空想の世界から現実に引き戻されて、薫は精一杯《せいいっぱい》楽しそうに見えるように笑みを浮かべた。

夕食は、楽しいひとときとなった。

今夜のメニューは蕪《かぶ》のポタージュスープと茄子《なす》のラザニア、それに温野菜のサラダだ。

どれもすごく美味しいと褒《ほ》められて、薫は少し気分が上昇《じょうしょう》した。

ジェシカは普段《ふだん》は町の図書館で司書として働いているそうで、そこで起こった珍事件《ちんじけん》の数々をおもしろおかしく話してくれた。

デザートに至る頃、ようやく話が本題に入った。

ゴードンが委託販売《いたくはんばい》の概要《がいよう》を説明し、ジェシカが熱心に聞き入る。話が途切《とぎ》れたところで、薫も用意しておいたセリフを口にした。

「昨日話しそびれてましたけど、〈エイプリル・ローズ〉では日本向けのネット通販《つうはん》もやってるんです。あなたのスノードーム、日本でも受けると思うんです。ええと、僕をはじめ、ああいう精巧《せいこう》なミニチュアやフィギュアの愛好者が多いので」

「そうなの？　考えたこともなかったわ、自分の作ったスノードームが日本のお客さんの目に触《ふ》れる機会があるなんて」

「僕としては、ぜひあの家のシリーズをお願いしたいんです」

「そう……？　今までクラフトフェアに何度か出品したんだけど、家のシリーズはあまり人気がなかったのよね。たいていのお客さんは、スノーマンや動物の親子を選ぶわ」

「そうなんですか？　ううーん……そうか。じゃあ家のシリーズと半々にしたほうがいいのかな……」

それまで黙《だま》ってふたりのやりとりを聞いていたゴードンが、アップルパイを食べる手を止めて口を開いた。

「いや、俺は的を絞《しぼ》ったほうがいいと思う。昨日あなたのブースを拝見したとき、家のシリーズとその他《ほか》の作品に、ちょっと溝《みぞ》を感じたんです。本来別々のものが、一緒に置いてある違和《いわ》感《かん》とでもいいますか……」

ゴードンの言葉に、ジェシカの頰《ほお》がぱあっと赤くなるのがわかった。

「ああ、やっぱり、見破られてしまったみたいね。そうなんです。最初は家のシリーズだけ作って出品してたの。でも全然売れなくて、お客さんからもっと可愛《かわい》いのじゃないと買う気にならないって言われて……それでスノーマンや動物の親子を作ることにしたんです」

「そのお客さんは、スーベニールショップのスノードームの感覚でそう言ったんでしょう。売れ筋をリサーチするのは悪いことではない。けど、うちの店に卸《おろ》していただくからには、あなたはアーティストです。あなたは本当に作りたいものだけ作っていればいい。売るのは我々の役目です。この世界のどこかに、あなたのスノードームを望んでいる人がいる。うちの薫みたいにね。そういう人たちに、我々が橋渡《はしわた》しをします」

「…………」

ジェシカの頰が、更《さら》に薔薇色に染まる。

横で聞いていた薫まで、ゴードンの言葉にうっとりして頬を染めてしまった。

「うわ……すごく嬉《うれ》しい。自分のことをアーティストだなんて思ったことなかったけど、今後はそういう意識を持って作品を作ることにするわ」

「ぜひ、そうしてください。ああそうだ、このあと少しお時間いただいていいですか？　契約《けいやく》書《しょ》の下書きを作成したので、ちょっと確認《かくにん》していただきたいんです」

「ええ、構いません」

「じゃあ書斎《しょさい》のほうへ……」

ゴードンがちらりと視線を向けてきたので、薫は「僕も行きましょうか？」と腰《こし》を浮《う》かせた。

「いや、いい。悪いがここを頼《たの》む」

「はい」

やんわりとテーブルの後片づけを言いつけられ、薫はわずかに眉根を寄せた。

契約書の下書きの話なんて聞いていない。クラフト作家との契約に関しては、これまでどんな些細《ささい》なことでも薫も同席してきた。

どうして今になって、自分を蚊帳《かや》の外に置くような真似《まね》をするのだろう。

（……あ、もしかして……）

契約書云々《うんぬん》は口実で、何か別の話をしたいのかもしれない。たとえば……プライベートな食事の誘《さそ》いとか。

目の前が真っ暗になる感覚というものを、薫は初めて味わった。

まだそうと決まったわけではない。本当に契約書の話をするだけかもしれない。

そう自分に言い聞かせるが、衝撃《しょうげき》を受けた心にはなんの効果もなかった。

「ごちそうさま、とても美味《おい》しかったわ」

「……こちらこそ、アップルパイ、美味しかったです」

「どうぞ、こちらへ」

ゴードンがジェシカを書斎に案内するのを見送って、薫は震《ふる》える指でコーヒーカップを持ち上げた。

コーヒーはすっかり冷めて、口の中にひどく苦い後味を残した——。

8

新年明けて六日目。

雪の降り積もった庭を眺《なが》め、薫はため息をついた。

今夜が別荘《べっそう》での最後の夜だ。明日の昼頃《ひるごろ》ここを出発し、ウォルナッツ・ヒルに戻《もど》ることになっている。

――あれからゴードンとは特に何もなく、本当に何ごともなかったかのように穏《おだ》やかに過ごしている。一緒《いっしょ》に近くの美術館や博物館に出かけたり、ショッピングモールの新年セールを覗《のぞ》きに行ったりもした。

ただし夜は、夕食が済むとゴードンは早々に書斎や寝室《しんしつ》に引きこもるようになった。

ああいう間違《まちが》いを、くり返さないようにするためだろう。

薫にとってもそのほうがありがたいが、心のどこかで寂《さび》しさを感じているのも事実だった。

(やっぱりジェシカと……何かあるんだろうか)

このところ、ゴードンは頻繁《ひんぱん》に彼女と連絡《れんらく》を取り合っている。

一度など、今日は風邪《かぜ》気味《ぎみ》だからと買い出しの同行を断ったくせに、薫が帰宅するとどこかに出かけて留守だったことがある。

タクシーで帰ってきて、病院へ行ってきたと言っていたが、本当かどうかあやしいものだ。

（……風邪なんか全然引いてなかったし）

窓辺を離《はな》れ、読みかけの本を全部読んでしまおうと暖炉《だんろ》の前のソファに戻る。

けれど文字はまったく頭に入らず、視線は何度も同じ行を上滑《うわすべ》りするばかりだった。

本を読むのは諦めて、ページを閉じて目も閉じる。暖炉の火の暖かさにうつらうつらし始めたところで、どこかで電話の着信音が鳴っていることに気づいた。

（この音は、社長のスマホだな）

あたりを見まわすと、キャビネットの上にゴードンが置き忘れていったスマホが光っていた。

「社長！　電話鳴ってますよ！」

言いながら、立ち上がってスマホを取りに行く。

しかし液晶《えきしょう》画面にジェシカ・ウィンターの名前が表示されていることに気づいて、薫は伸《の》ばしかけた手を引っ込めた。

（また彼女から電話……）

今までゴードンが、クラフト作家とこんなに密に連絡を取り合ったことなどない。

これはもう、間違いなくそういうことなのだろう……。

「電話だって？」

松葉杖《まつばづえ》をつきながら、ゴードンが珍《めずら》しく慌《あわ》てふためいた様子でやってくる。

「……ええ、さっきから鳴ってます」

キャビネットの上を指し、薫はソファに戻って本を開いた。

「ああ、もしもし？　すまない、ちょっと待ってくれ」

電話を取ったゴードンが、居間を出て書斎のほうへと急ぐ。

（……僕に聞かれたくない話なんだ）

覚悟《かくご》していても、ショックは大きかった。

ジェシカなら諦《あきら》めもつくかと思っていたが、実際そうなってみると、そう簡単に割り切れるものではない。

（だいたい社長が悪いんだ……ヤドリギの下でキスしたり、僕が奥手だからって、あんなことしてからかったり）

目で活字を追いつつも、頭の中はゴードンへの呪詛《じゅそ》で満たされていく。

やはりここへ来るべきではなかったのだ。さっさと日本行きの航空券を買って、両親と一緒に過ごせばよかったと後悔《こうかい》する。

（ああでも、ここに来なかったらあのスノードームとは出会えなかったし……）

けれど薫がスノードームに目をとめたせいで、ゴードンはジェシカと出会ってしまった。

もしもゴードンひとりだったら、彼女のブースの前で立ち止まることはなかっただろう。

（仮に立ち止まったとしても、社長にはあのスノードームのよさを理解できなかったと思う）

しかしジェシカを招いての夕食の席で、ゴードンが意外にも彼女のブースを冷静に観察していたことを知って、薫は内心驚《おどろ》いた。

薫は家のスノードームに夢中で、その他の作品群との違いなどまったく気づかなかった。もし気づいたとしても、作品傾向《けいこう》の違いくらいにしかとらえなかっただろう。

以前ゴードンに言われた、互《たが》いに足りない部分を補い合えるという言葉が脳裏《のうり》によみがえる。

確かに自分たちはいいコンビだ。

しかしそれは、単に仕事の場面での話でしかない――。

「薫、俺のデジカメ知らないか？」

眉間《みけん》に皺《しわ》を寄せて本を睨《にら》みつけていると、電話を終えたゴードンが戻ってきた。

慌てて暗い表情を振《ふ》り払《はら》い、顔を上げる。

「デジカメ……？　社長が別荘の写真を撮《と》りまくってたあれですか？」

「そう。この辺に置いてたと思ったんだが……」

「あ、思い出しました！　車のダッシュボードです。昨日、港を見に行ったときに持って行って、確かそのまま……。すぐに取ってきますね」

立ち上がって、薫は玄関《げんかん》のコート掛《か》けからコートを取った。

車のキーの定位置である紫檀《したん》の箱の中を覗くが、今度はキーが見当たらない。

(どこにやったっけ？　ああ、昨日着てた服のポケットか)

急いで階段を駆《か》け上がると、ゴードンが階下から「そんなに慌てなくていいぞ！」と叫《さけ》ぶのが聞こえた。

「鍵《かぎ》、鍵……どこだ？」

ひとりごとを言いながら、車のキーを捜《さが》す。

昨日着ていた服のポケットにもなくて、薫はだんだん苛立《いらだ》ってきた。

——自分でもわかっている。この苛立ちの原因は、車のキーが見つからないからではない。ゴードンとジェシカのことに、自分はひどく心をかき乱されているのだ——。

「……あ！」

急に思い出して、声を上げる。

ゆうべ寝《ね》る前に、車のキーを忘れずに定位置に戻さなくてはと思って、ポケットから出してデスクの上に置いたのだった。

鼻息荒《あら》く、ベッドの向こうにあるデスクに突進《とっしん》する。

しかし慌てすぎたせいでベッドの角を曲がり損《そこ》ね、ベッドの脚《あし》に引っかかって派手に転んでしまった。

「——っ！」

どすんという大きな音とともに、床《ゆか》に叩《たた》きつけられる。

目の前に星が飛ぶほどの衝撃《しょうげき》だった。声にならない悲鳴を上げて、薫は床の上でもんどりうった。

「薫！　どうした！」

階下にも今の派手な音が響《ひび》いたのだろう。ゴードンが大声で問いかけてくる。

「な、なんでもないです、ちょっと、ベッドの脚に引っかかって転んじゃって……っ」

「何!?　大丈夫《だいじょうぶ》か!?」

誰《だれ》かが階段を駆け上がる音がして――この家には他《ほか》にはゴードンしかいないのだが――やはり他の誰でもないゴードンが、寝室の戸口に現れる。

「社長……」

床に転がって足を抱《かか》えたまま、薫は呆然《ぼうぜん》とゴードンを見上げた。

「怪我《けが》はないか？」

つかつかと歩み寄ってくるゴードンの足取りに、目をぱちくりさせる。

骨折している人とは思えないほど、しっかりした足取りだ。第一、松葉杖はどうしたのだろう。先ほど階段を駆け上がる音が聞こえた気がするが、これはいったいどういうことなのか。

「……ええ……転んだだけです……」

言いながら、上体を起こす。

淡々《たんたん》とした物言いとは裏腹に、頭の中にはゴードンへの疑念がむくむくと広がっていく。

「よかった。すごい音がしたから、何かとんでもないアクシデントが起きたのかと」

ほっとしたように言って、ゴードンが床に膝《ひざ》をついて薫の肩《かた》に手をまわす。

「大丈夫です、せいぜい打ち身くらいで……。それより僕は、社長の足が心配です。骨折しているのに、階段を駆け上がるなんて」

じろりとゴードンの顔を睨みつけると、灰色の瞳《ひとみ》があからさまに動揺《どうよう》したように泳いだ。

「……ああ……いたた、きみが心配で無我夢中だったから、怪我のことなんて忘れてたよ」

ゴードンがわざとらしく顔をしかめて、左足を押さえる。

「怪我をしたのは右足じゃなかったですか」

「え？　ああ、そうそう、こっちだ」

慌ててゴードンが右足を押さえる。

「なぜ怪我をしたなんて嘘《うそ》をついたんです？　どういうことか説明してください」

険しい表情で問いただすと、ゴードンは観念したように軽く両手を挙げてみせた。

「悪かった。嘘をついてきみを騙《だま》したことは謝るよ。だけど、こうでもしないときみは一緒に来てくれなかっただろう」

「僕を連れてくるための嘘だったんですか!?」

驚いて目を見開くと、ゴードンが「そうだ」と言って落ち着かなげに前髪《まえがみ》をかき上げた。

「つまり、ひとりで別荘《べっそう》に来るのが嫌《いや》だったから？　だけど社長は、常に誰かと一緒にいたがる寂《さみ》しがりやタイプじゃありませんよね。ああ、わかった。便利な運転手兼《けん》家政婦を連れてこようと思ったわけですか」

「違う」

「何が違うんですか！　僕を騙して都合よく使って、そのくせジェシカと出会ったら僕が邪魔《じゃま》になったんでしょう。僕が気づかないとでも思ったんですか？　病院に行くふりをして、彼女に会いに行ったんでしょう！」

溜《た》め込んでいた感情が爆発《ばくはつ》し、薫は早口でまくし立てた。

こんなふうに切れたのは、人生で初めてのことかもしれない。自分で自分がコントロールできなくなる恐怖《きょうふ》に怯《おび》えて、気持ちを落ち着かせようと肩で息をする。

「確かに彼女に会いに行った。だがそれは、きみが考えているような理由じゃない」

その言い方が、薫の感情を更《さら》に逆撫《さかな》でする。

「僕が何を考えてるか、全部わかってるような口ぶりですね」

「まさか。きみほど何を考えているのかわからない人は俺にとって初めてだ。だから……」

ゴードンが、言葉を探すように両手を広げて宙を見上げる。

しかしうまい言い方が見つからないらしく、その手は再びくしゃくしゃと前髪をかきまわした。

何を考えているのかわからないと言われて、薫はひどく打ちのめされた。

ゴードンは、自分のことをいちばんわかってくれている人だと思っていた。

けれど、そう思っていたのは自分だけだったようだ……。

怒《いか》りの感情は過ぎ去り、心は深い悲しみと喪失感《そうしつかん》に覆《おお》われていく。

「……もういいです。ちょっとひとりにさせてください」

「え？　いや、ちょっと待ってくれ」

「夕食までには戻《もど》りますからご心配なく」

言いながら、薫は捜していた車のキーを摑《つか》んで部屋を飛び出した。

階段を駆け下りながら、にじんできた涙《なみだ》を手の甲《こう》で拭《ぬぐ》う。

——恋《こい》する相手に騙されていた。その上彼にどう思われていたのか突《つ》きつけられて、心はずたずただ。

どこかひとりになれる場所に行って、思いきり泣きたい——。

「薫！　行くな！　話を聞いてくれ！」

玄関の階段を下りて庭に降り立ったところで、ゴードンに追いつかれて腕《うで》を掴まれてしまった。

「放してください！」

「いや、だめだ。俺の話を聞いてくれるまでは」

「今は聞きたくありません！」

「今じゃなきゃだめなんだ！」

なんとか振《ふ》り払《はら》おうとするが、力で敵《かな》うはずもない。

もがいているうちに厚い胸板《むないた》に抱《だ》き寄せられて、薫は息を呑《の》んだ。

「頼《たの》む、行かないでくれ……」

耳元で、ゴードンが苦しげに呟《つぶや》く。

そんな切羽詰《せっぱつ》まった声で引き留めないで欲しい。

諦《あきら》めようと思っていた気持ちが、かすかな希望を求めて再燃してしまうから……。

「……っ」

顎《あご》をすくい上げられて、灰色の瞳に覗《のぞ》き込まれる。

思わず見入ってしまった瞬間《しゅんかん》、唇《くちびる》が熱い感触《かんしょく》に覆われた。

どうして、なぜ、今キスなんかするんだろう……。

逃《のが》れたいのに、まるで金縛《かなしば》りに遭《あ》ったかのように体が動かない。

ゴードンの舌が押し入ってきて、強引《ごういん》に舌に絡《から》みついてきた。

抵抗《ていこう》しようとしてもできないのは、後ろ頭をゴードンの大きな手でがっちり押さえられているからだと気づく。

もし押さえられていなくても、自分はゴードンのキスから逃れることはできなかっただろう。

それはあまりに甘美で、何もかもどうでもよくなってしまうくらい魅力的《みりょくてき》で……。

どこかで車のエンジン音がしているのを、薫はぼんやりした頭で聞いていた。

誰かが別荘に訪ねてきたのかもしれないが、体が動かないのだからどうしようもない。

半ば自暴自棄《じぼうじき》になってゴードンに貪《むさぼ》られるままになっていると、雪の中を誰かが歩いてくる足音が聞こえてきた。

「……プロポーズに間に合わなかったみたいね」

落ち着いたアルトの声――ジェシカだ。

ゴードンが他の人にキスしているというのに、可笑《おか》しそうにくすくすと笑っているのはいったいどういうことだろう。

「……いや、ちょうどよかった。これからしようと思っていたところだ」

名残惜《なごりお》しそうに唇を離《はな》し、ゴードンが薫を見つめたままジェシカの問いに答える。

「…………？」

なんの話かわからなくて、薫はゴードンとジェシカの顔を交互《こうご》に見やった。

さっきジェシカはプロポーズと言っていたが、ゴードンがジェシカにプロポーズする約束でもしていたのだろうか。

ゴードンが、ジェシカに向かってその大きな手のひらを差し出す。

ジェシカはトートバッグの中から箱を取り出し、ゴードンの手のひらに載《の》せた。

「ラッピングがまだなのよ。出来上がりを確認《かくにん》してもらってからにしようと思って」

「ああ、構わない」

ゴードンが箱を開け、中を覗き込んで大きく頷《うなず》く。

「あの……僕、外しましょうか？」

「とんでもない。あなたはここにいなくちゃだめよ」

そう言って、ジェシカが薫の肩に軽く触《ふ》れる。

わけがわからなくてふたりの顔を見るが、ジェシカはにっこり微笑《ほほえ》み、ゴードンは怖《こわ》いくらい真剣《しんけん》な瞳で見つめ返すばかりだった。

「薫、これを受け取ってくれ。これはその……俺の気持ちだ」

言いながら、ゴードンが箱の中身を薫に差し出した。

「……!?」

大きな手が摑んでいるのは、雪が舞《ま》い散るスノードームだった。

太陽の光を受けて、雪に見立てたフレークがきらきらと輝《かがや》いている。

ゆっくりと渦《うず》を巻くように雪が落ちていき……その中に現れたミニチュアの家に、薫は思わず感嘆《かんたん》の吐息《といき》を漏《も》らした。

「これ……」

おずおずと受け取って、手の中のスノードームを覗き込む。

「そう、この別荘。ジェシカに頼んで、特別に作ってもらったんだ」

ガラスの球体の中には、今滞在《たいざい》している別荘の建物が忠実に再現されていた。

台座は白い木の枠《わく》で、そこに書かれた文字を見て息を呑む。

――〈MAY BREEZE《メイブリーズ》〉

薫の胸に、熱いものがこみ上げてくる。

五月のそよ風というフレーズは、薫風《くんぷう》を説明するときに薫が口にした言葉だ。

「親父《おやじ》がアンティークショップにお袋《ふくろ》の名前をつけたとき、俺はそういう感傷的なネーミングはありえないと思ったんだが……」

ゴードンが、照れくさそうに言いよどむ。

「恋に落ちると、誰《だれ》でも感傷的になるものよ」

ジェシカが横からフォローする。

けれどその言葉は、薫の耳には届いていなかった。

(どういうこと？　この別荘《べっそう》に、僕の名前……というか、僕の名前の由来をつけたってこと？)

早とちりは禁物だ。まだゴードンからはっきりとした言葉を聞いていない。

真意を問いただすようにゴードンを見上げると、ゴードンが手を伸《の》ばして薫の両肩《りょうかた》をしっかりと摑んだ。

「薫、きみに結婚《けっこん》を申し込みたい。いや、いきなり結婚は気が早すぎるかな。だが、そういう前提で、俺とつき合って欲しいんだ」

ゴードンの声が、胸に直《じか》に染《し》み込んでくる。

少し遅《おく》れて言葉の意味を理解し、薫は目を瞬《またた》かせた。

これは現実だろうか。それとも、都合のいい夢を見ているのだろうか――。

「聞こえてるか？」

ぼんやりと固まっている薫が心配になったのだろう。ゴードンが、摑んだ肩を軽く揺《ゆ》らす。

「……………はい」

こくりと頷くと、ゴードンが眉根《まゆね》を寄せた。

「その『はい』は聞こえてるの意味？　それとも俺の言葉への返事？」

「……えっ？　ええと、そうです。ＯＫの意味です」

「本当にわかってるのか？　俺はきみに、恋人としての交際を申し込んでるんだぞ？」

念を押され、ようやく意識がクリアになってきた。

人生で初めての、そして最大の山場で、ただぼんやりと突っ立っているわけにはいかない。

意を決して、薫は自分の想《おも》いを打ち明けようと口を開いた。

「ええ、わかってます。だって僕はずっと……っ」

しかしいざとなると、言葉は出てこなかった。

鼻の奥がつんとして、にじんだ涙で視界がぼやけてくる。

「ずっと、なんだ？」

優《やさ》しく顎をすくい上げられて、薫はくすぐったさに目を細めた。

「きみも、俺と同じ気持ちだった？」

「…………はい」

睫毛《まつげ》を伏《ふ》せて肯定《こうてい》すると、ゴードンの唇が近づいてきた。

「ええと……私はそろそろ退散しますね。特注のスノードームの作り手として、プロポーズの現場に立ち会うことができて満足よ。おふたりとも、幸せにね。一緒《いっしょ》にお仕事できるのを楽しみにしているわ」

ジェシカの明るい声に、薫は彼女がそばにいたことを思い出し、頭から湯気が出るほど赤くなった。


「……あ……っ、ちょ、ちょっと待ってください……っ」

玄関《げんかん》のドアを閉めるなり抱き締《し》められて、薫はゴードンの腕の中でもがいた。

「ずっと抑《おさ》えてきたんだ。これ以上待てそうにない」

「だけどこれ、壊《こわ》さないようにどこかに置いとかないと……っ」

ゴードンが唸《うな》り、薫の手からスノードームを奪《うば》い取るようにして玄関ホールのデスクの上に置く。

「ひゃっ！」

いきなり抱きかかえられて、薫は悲鳴を上げた。

いわゆるお姫《ひめ》さま抱っこというやつで、一階の奥にあるゴードンの寝室《しんしつ》に連れて行かれる。

「社長……っ」

ベッドに押し倒《たお》されて、薫は驚《おどろ》いて声を上げた。

ゴードンのことは好きだし、ずっと彼に抱《だ》かれたいと思っていた。

けれど実際そうなってみると、まるで飢《う》えた野獣《やじゅう》のような鼻息の荒《あら》さが少々怖い。

――ジェシカが帰ったあと、ふたりは庭でキスをかわした。

思いが通じ合ってから初めてのキスは、最初は甘く、次第《しだい》に激しくなって、薫の体はあっというまに高ぶってしまった。

そして薫の体に押しつけられたゴードンのそこも、大きく盛り上がっていて……。

「社長、ちょっと、待って……っ」

「社長じゃない、ゴードンと呼べ」

乱暴な手つきで薫の洋服を毟《むし》り取りながら、ゴードンが掠《かす》れた声で命令する。

シャツの前をはだけられて、薫はびくりと首をすくませた。

白いなめらかな肌《はだ》に浮《う》かんだ淡《あわ》い桃色《ももいろ》の乳首《ちくび》が、怯《おび》えたように縮こまって震《ふる》えている。

「……なんて綺麗《きれい》なんだ」

「ああ……っ」

乳首にむしゃぶりつかれて、薫は初めて味わう感覚に身悶《みもだ》えた。

縮こまって震えていた乳首が、熱い粘膜《ねんまく》に覆《おお》われて柔《やわ》らかくとろけてゆく。乳輪の花の中央では、ゴードンの目と舌を愉《たの》しませるように、弾力《だんりょく》のある肉粒がつんと立ち上がる。

「あ、だめ、いやあ……っ」

右の乳首を舌で愛撫《あいぶ》され、左の乳首を指先でこりこりと弄《いじ》られて、薫は必死で首を横に振《ふ》った。

「痛かったか？」

「そうじゃなくて、も、もう出ちゃう……っ」

もじもじと内股《うちまた》をすり寄せて、薫は恥《は》ずかしい事情を白状した。

このままでは、すぐに射精してしまいそうだ。両想いになったばかりの相手に、下着やズボンを汚《よご》すところを見られたくない。

「つまりきみは、ここを弄られると感じすぎて、漏らしそうなんだな」

ゴードンが、わざと親指の腹でふたつの乳首を同時にぐりぐりと攻《せ》めてくる。

「あ、だ、だめ……っ」

慌《あわ》てて不埒《ふらち》な手を振り払《はら》うが、そうすると今度は唇《くちびる》が吸いついてきた。

「ああっ、や、やめて……っ、あ、あああ……っ」

両手でズボンの股間《こかん》を覆いながら、薫は絶頂を迎《むか》えた。

下着の中で、熱い精液がほとばしる。恥ずかしい粗相《そそう》に、薫は真っ赤になって顔を背《そむ》けた。

「おっと、出てしまったみたいだな」

ゴードンが、股間を押さえてびくびくと震える薫を見下ろしてにやりと笑う。

「いや、見ないで！」

ズボンを脱《ぬ》がされそうになり、慌てて薫はゴードンの手を摑《つか》んだ。

「どうして？　俺たち恋人同士になったんだろう？　だったら全部見せてくれ」

「だけど、よ、汚してしまったから……」

薫の言葉に、ゴードンが興奮したように息を荒らげる。

「気にしなくていい。きみのことは全部知りたいんだ……！」

「あ……っ」

ズボンを下ろされて白いビキニが露《あら》わになり、薫は両手で顔を覆った。

伸縮性《しんしゅく》のある布地に、ピンク色のペニスがくっきりと透《す》けて浮き上がっている。

白濁《はくだく》で濡《ぬ》れたそれを見下ろし、ゴードンが感心したように呟《つぶや》いた。

「すごいな……セクシーな下着が、お漏《も》らしでびしょびしょだ」

「……っ」

意地悪なセリフに、全身の血が沸騰《ふっとう》する。

ゴードンを思い浮かべながら自慰《じい》をするときも、これほど淫《みだ》らな言葉を想像したことはなかった。

恥ずかしいのに、ゴードンの言葉に興奮している。そんな自分が恥ずかしくて、ますます体が高ぶってしまう。

本物のゴードンは、薫の想像以上に意地悪で官能的で……。

(早くパンツを脱がせて、直に触《さわ》って欲しい……！)

とても口にはできない願望を、心の中で呟く。

潤《うる》んだ瞳《ひとみ》で見上げると、ゴードンが獣《けもの》のような唸り声を上げた。

「薫、きみに無理をさせる気はない。だけど、もう少し先に進んでもいいか？」

「……………はい」

頷《うなず》くと、ゴードンがやや乱暴に下着をずり下ろした。

「あ……っ」

ピンク色の小ぶりなペニスがぷるんと飛び出し、男を誘《さそ》うように淫らに揺れる。

先ほど射精したばかりなのに、そこはもう半ばほどまで頭をもたげていた。果実のように初々《ういうい》しい亀頭《きとう》が、残滓《ざんし》とも先走りともつかない液体で濡れている。

ゴードンが息を荒らげ、自らの衣服を脱ぎ始めた。

シャツを脱ぎ捨て、ズボンのベルトを外し……ぴったりした紺色《こんいろ》のボクサーブリーフ一枚の姿になって、薫の腰《こし》を跨《また》ぐようにして膝立《ひざだ》ちになる。

「言っておくが、こいつを脱いだら俺は多分歯止めが利《き》かない。だから薫が決めてくれ」

「………」

声もなく、薫は猛々《たけだけ》しくボクサーブリーフを突《つ》き上げている牡《おす》の象徴《しょうちょう》に見入った。

その大きさと質感に、体の芯《しん》がずくりと疼《うず》く。

(欲しい……)

おずおずと手を伸《の》ばし、薫は手のひらで太い茎《くき》の部分を包み込んだ。

ゴードンが唸り、彼の分身が薫の手の下でびくびくと動く。

「あ……」

マックスだと思っていた体積が更《さら》に増し、薫はびくりとして手を引っ込めた。

雄々《おお》しくそそり立った男根は、やがてボクサーブリーフのウエストの部分からぬらぬらと光る亀頭を覗《のぞ》かせ……。

「……っ」

上体を起こして、薫は震える指でゴードンのボクサーブリーフをずり下ろした。

太くて逞《たくま》しい男根が、ぶるんと揺《ゆ》れて露わになる。初めて目にする愛《いと》しい男の屹立《きつりつ》に、薫は思わず息を呑《の》んだ。

(こんなにおっきいなんて……)

太い茎には血管が浮き、どくどくと脈打っている。根元の玉は重たげに張り詰《つ》め、どっしりとした質感を湛《たた》えていた。

そして何より、肉厚な雁《かり》の卑猥《ひわい》な形が薫の官能を激しく揺さぶり……。

「薫……！」

「社長……っ、こ、ここに……っ」

耐《た》え難《がた》い欲望《よくぼう》に突き動かされて、薫は自ら脚《あし》を広げた。

「あああ……っ！」

大きく笠《かさ》を広げた亀頭が、小さな蕾《つぼみ》に押し当てられる。

ゴードンのそこは、先走りで熱く濡れていた。ずっと欲しかったものを宛《あて》がわれて、蕾がひくひくと蠢《うごめ》き始める。

「待ってくれ、何か濡らすものを……」

挿入《そうにゅう》する直前になって、潤滑剤《じゅんかつざい》のことを思い出したらしい。体を離《はな》そうとしたゴードンに、薫は慌てて手を伸ばした。

「大丈夫《だいじょうぶ》です、このまま……っ」

破廉恥《はれんち》な要望に、ゴードンが呻《うめ》いた。

「無理するな、初めてなんだろう？」

「ええ、でも、ずっと想像してたんです、社長を、ここに受け入れる瞬間《しゅんかん》を……」

薫の指は、無意識に蕾を弄っていた。自身の放った精液やゴードンの先走りを指に絡《から》め、くちゅくちゅと音を立てて中に塗《ぬ》り込める。

あとから思えば、どうかしていたに違《ちが》いない。自ら蕾を弄り、ゴードンを思い浮かべながら自慰をしていたことを告白するなんて。

薫の痴態《ちたい》に、ゴードンが苦悶《くもん》の表情を浮かべて唸《うな》り声を上げた。

「俺もだ。俺も、きみの中に入るところを想像して、何度も……！」

ゴードンが自らの太い茎の部分を握《にぎ》り、先端《せんたん》をずぶりと蕾に突き入れる。

「あああ……っ」

灼熱《しゃくねつ》の杭《くい》でうがたれて、薫は歓喜《かんき》の悲鳴を上げた。

（社長のおっきいのが、僕の中に……っ）

粘膜と粘膜が触《ふ》れ合った場所から、熱い官能が全身を駆《か》け巡《めぐ》る。もちろん痛みもあるが、それを上まわる快感に、せつなげな吐息《といき》が漏れてしまう。

「大丈夫か？」

亀頭を収めたところで、ゴードンが心配そうに薫の顔を見下ろした。

「ええ……もっと、奥まで来てください……」

無意識に、薫は腰をもじもじと揺らした。

誘い込むような淫らな動きに、ゴードンが苦しげに呻く。

「……そんなに煽《あお》らないでくれ。これでもかなり抑《おさ》えているんだ」

「抑えなくていいです……っ」

「痛い思いだけは、絶対にさせたくないんだ」

「痛くないです……っ」

早く奥まで欲しくて、必死で言い募《つの》る。

「いや、やっぱりもっと濡らさないと無理だ」

ゴードンが体を起こし、その拍子《ひょうし》に浅く含《ふく》まされていた亀頭がずるりと抜《ぬ》けてしまう。

「あ……っ」

せっかく咥《くわ》え込んだものを取り上げられて、薫は思わず不満そうに眉根《まゆね》を寄せた。

「そんなにがっつくな。たっぷり濡らしてやるから」

肉感的な唇にやけに色っぽい笑《え》みを浮《う》かべ、ゴードンが薫の脚を抱《かか》え直す。そして右手で茎の部分をしごきながら、再び薫の中へ先端《せんたん》を含ませた。

「ひあ……っ」

ゴードンの意図を悟《さと》って、薫は頬《ほお》を上気させた。

ゴードンは、薫の中を自らの精液で濡らそうとしているのだ――。

(こ、こんなの想像したことなかった……っ)

破廉恥な行為《こうい》に、羞恥《しゅうち》と興奮がこみ上げてくる。

自らの屹立をしごくゴードンの息も荒《あら》くなり、灰色の瞳は熱を帯びていた。

「……あ、あ……っ」

ゴードンが擦《こす》るたびに振動《しんどう》が伝わってきて、薫は身悶《みもだ》えた。

濡れた粘膜《ねんまく》が擦れ合って、ぬちゅぬちゅと恥《は》ずかしい音を立てている。ピンク色のペニスも再び勃起《ぼっき》し、ゴードンの動きに応《こた》えるようにぷるぷると揺れている。

「……出すぞ……っ」

「は、はい……っ」

ゴードンが低く呻き、ぐいと亀頭を突き入れる。

次の瞬間、狭《せま》くて敏感《びんかん》な肛道に、熱い飛沫《しぶき》がほとばしるのがわかった。

「あっ、あ、あああ……っ！」

濃厚《のうこう》な精液が奥まで流れ込んでくる感覚に、薫は足の指をひきつらせた。初々しい亀頭がぴくぴくと震《ふる》え、薄《うす》い精液がとろりと漏れる。

「続けても大丈夫か……？」

またしてもいってしまった薫に、ゴードンが気遣《きづか》わしげに尋《たず》ねる。

ゴードンのものはほとんど力を失わず、薫の入り口で待機していた。

「ええ、続けてくださ……っ」

薫が言い終わらないうちに、ゴードンが何やら口の中で呟きながら剛直《ごうちょく》を突き入れる。

「あああ……っ」

熱く濡《ぬ》れた粘膜は、先ほどよりもすんなりとゴードンを受け入れた。

それどころか、男の味を知ったばかりの初《うぶ》な粘膜は、早くも淫《みだ》らにゴードンに絡みついて奥へ誘《さそ》い込もうと蠢いている。

薫の中に半分ほど収めると、ゴードンがふうっと大きく息をついた。

その拍子に、中のものがびくりと動く。

「ひあっ、しゃ、社長……！」

「ん？　ああ……中で大きくなったの、わかったか？」

ゴードンがにやりと笑い、わざと小刻みに揺らす。

「あ、あんっ」

入ってきたときにはマックスだと思っていたが、射精で少し大人しくなっていたらしい。

ゴードンの牡がむくむくと力を漲《みなぎ》らせていくさまがダイレクトに伝わってきて、薫はぶるっと背筋を震わせた。

（す、すごい、おっきいのに、もっとおっきくなってる……っ！）

内側から硬《かた》くて太いもので押し広げられる感覚は強烈《きょうれつ》で、薫は声もなく身悶えた。

ピンク色のペニスが震え、先走りとも残滓《ざんし》ともつかない液体が滴《したた》り落ちる。

「奥まで行っても大丈夫か？」

「ええ、来てください、早く……っ」

結合部を深めようと、薫は自ら脚を広げた。

大きく笠を広げた亀頭《きとう》が、信じられないほど奥まで入ってきて……。

「あああ……！」

最奥《さいおう》を突《つ》き上げられて、薫は体を弓なりに反らせた。

あまりの衝撃《しょうげき》に、生まれてこの方のすべての記憶《きおく》が吹《ふ》き飛びそうになってしまう。

しかし次の瞬間、さらなる衝撃が——今度は狂《くる》おしいほどの官能の衝撃が訪《おとず》れた。

「ひあああ……っ」

ゴードンが腰《こし》を動かし、張り出した肉厚の雁が中の粘膜を引っ掻《か》いたのだ。

感じる場所を雁で擦られて、今度は体がどろどろにとろけてしまいそうな快感に襲《おそ》われる。

「大丈夫か？」

息を弾《はず》ませながら、ゴードンが問いかける。

「はい、大丈夫です……っ」

「もう少し動いてもいいか？」

ゴードンは、初心者の薫を気遣ってまだ抑えてくれているらしい。

たまらなくなって、薫は手を伸《の》ばしてゴードンの首にしがみついた。

「大丈夫だから、もっと、中、いっぱい擦って……っ」

「薫……！」

ついにたがが外れたゴードンが、野生の獣《けもの》と化して薫を抱《だ》き締《し》めた。

「あ、あっ、あああ……っ」

再び最奥を突かれ、びくびくと身悶える。

何度か試《ため》すように抜き差ししたあと、ゴードンが本格的に律動を始めた。

「あっ、あっ、あん……っ」

官能的なリズムに揺《ゆ》られて、はしたない喘《あえ》ぎ声が漏《も》れてしまう。

濡れた媚肉が硬くて太いもので擦られるたびに、ぬちゅぬちゅといやらしい音を立てるのが恥ずかしくてたまらない。

(信じられない……社長とこんな……こんなエッチなことしてるなんて……っ)

ゴードンと触れ合っている場所が、どこもかしこも熱くてたまらない。

ゴードンとひとつに溶《と》け合って、自分の体が自分のものでなくなっていくような……。

「ひあぁ……っ！」

ふいに大きな亀頭で快楽のポイントを突かれて、薫は背中を弓なりに反らせた。

「ここか？」

ゴードンが角度を変えて、器用に薫の前立腺《ぜんりつせん》を刺激《しげき》する。

「いやっ、そこ、あ、あああああ……っ！」

ピンク色のペニスが、ふるふると震える。小さなタンクはとっくに空っぽだったが、頭の中で白い飛沫が弾《はじ》けるイメージが激しく点滅《てんめつ》していた。

同時にゴードンが呻《うめ》き、体内に熱い奔流《ほんりゅう》がほとばしる。

「薫……愛してる……！」

「あ、あ、社長……！」

愛《いと》しい男とひとつになった悦《よろこ》びに、薫はうっとりと身を委《ゆだ》ねた——。


「大丈夫《だいじょうぶ》か？」

大きな手で髪《かみ》を撫《な》でられて、薫は枕《まくら》に突っ伏《ぷ》したまま頷《うなず》いた。

「大丈夫です……」

自分でも驚《おどろ》くほど、声が掠《かす》れていた。

ゴードンが体を起こし、ベッドが軋《きし》んだ音を立てて揺れる。

「大丈夫じゃないみたいだな。待ってろ、水を持ってくる」

「ちょっと待って……っ」

立ち上がろうとしたゴードンを、薫は慌《あわ》てて呼び止めた。

寝返《ねがえ》りを打って仰向《あおむ》けになり、ブランケットで体を隠《かく》しながらゴードンを見上げる。

「……教えてください。いつから僕のことをそういう対象として見てくれてたんですか？」

薫の質問に、ゴードンが唇《くちびる》に笑みを浮かべた。ベッドの端《はし》に座り、再び薫に手を伸ばしてなめらかな頬をくすぐるように撫でる。

「俺も訊《き》きたい。いつから俺のことを好きだった？」

「……僕の質問が先です」

「そうだな。正確な時期は、自分でもよくわからないんだ。きみがアシスタントになって半年くらい経《た》った頃《ころ》、いつもきみを目で追っていることに気づいた。同時に、ミス・ハドソンと一《いっ》緒《しょ》にいても楽しくないことにも気づいて……。だが男を好きになった経験がなかったから、なかなか自分の気持ちに確信が持てなかった」

「…………僕は、多分社長がお見舞《みま》いに来てくれた日からです」

「え、そうなのか？　だけどその前から、ときどき俺のことを熱い眼差《まなざ》しで見つめてただろう」

指摘《してき》されて、薫はかあっと頬《ほお》を赤らめた。

「それは……そうかもしれません。ええと、社長の体に見とれてたことがあったかも」

告白すると、ゴードンがため息をつきながらベッドに倒《たお》れ込んだ。

「きみのことは、本当によくわからなかった。俺に気があるのかと思ってそれとなく水を向けると、素っ気なくかわしてしまう。親交を深めようとすると迷惑《めいわく》そうな顔をされるし、本当に何を考えているのかさっぱりわからなかった」

「安心してください。社長だけでなく、家族からも、おまえは何を考えてるのかよくわからないって言われてますから」

「でもまあ、だんだんわかってきたけどな。俺が近づいたり触《さわ》ったりすると、顔が赤くなって……」

からかうように頬をつままれて、薫は唇を尖《とが》らせた。

「それじゃあさっさと口説いてくださったらよかったのに」

「そういうわけにはいかない。俺は経営者で、きみは従業員だ。普通《ふつう》に口説いたらセクハラになる。だからもう少し、きみが俺を好きだという確信が欲しかった」

「僕は……あなたにこの気持ちを気づかれたらおしまいだと思ってました。だから必死で隠してたんです」

「なぜそう思ったんだ？」

「……前の前のアシスタントの一件を聞いたので。男はだめなんだろうなと」

「それは違《ちが》う。俺にも好きな男と苦手な男がいて、件《くだん》のアシスタントは後者だったってだけだ」

「……なるほど。そういう可能性には思い当たりませんでした」

ゴードンが苦笑《くしょう》し、薫の体を抱き寄せる。

「正直に言うと、俺は今まで自分から積極的にアプローチしたことがないんだ。こちらから何か行動を起こさなくても、向こうから言い寄ってきたから。だから今回、どうやってきみを口説けばいいのかわからなくて苦労した。〈レイクサイド・イン〉の一件は我ながらうまくいったと思ったんだが、きみを怒《おこ》らせてしまったし……」

「そりゃ怒りますよ。だってあんな……もしかして、わざと僕のベッドに潜《もぐ》り込みました？」

「今頃《いまごろ》気づいたのか。ついでに言うと、本当は部屋も空きがあった」

「……ええええ!?」

驚いて体を起こすと、ゴードンが逞《たくま》しい腹筋を波打たせながら可笑《おか》しそうに笑った。

「きみは騙《だま》されやすくて心配だ」

「何言ってるんですか。僕を騙してるのは社長だけです」

半ば呆《あき》れてそう言うと、ゴードンが手を伸ばして再び薫を胸に抱き締めた。

「騙してでも、自分のものにしたかったんだ……本当に、こんな気持ちになったのは初めてだ」

耳元で熱っぽく囁《ささや》かれ、薫はたちまち全身がとろけていくのを感じた。

「……今後はもう嘘《うそ》つかないって約束してください」

「もちろんだ。きみをどんなに愛しているか、毎日包み隠さず報告する……こんなふうに」

優《やさ》しく唇を重ねられ、薫は満たされた気分で目を閉じた。

傲慢社長の甘い苦悩

──キンケイド邸《てい》からの帰り道。

ハンドルを握《にぎ》りながら、ゴードン・ゼルニックは助手席の笹川薫をちらりと横目で見やった。キンケイド邸を出発してから、ずっと憂《うれ》いを含《ふく》んだ表情で黙《だま》りこくっている。

決して機嫌《きげん》が悪いわけではない。薫は黙ってふて腐《くさ》れるような性格ではないし、何か不満があればきちんと口にする。

これは、物思いに耽《ふけ》っているときの表情だ。きっと、先ほどのベビーキルトの一件が引っかかってるのだろう。

薫の心の内を察して、ゴードンは唇《くちびる》に笑《え》みを浮《う》かべた。

以前の自分だったら、その程度のことで落ち込んでいたら仕事にならないと一蹴《いっしゅう》していただろう。けれど薫のアンティークに対する情熱や思い入れは、傍《はた》で見ている者まで巻き込んで、微笑《ほほえ》ましく思わせてしまう何かがある──。

(俺は……薫のこういうところが可愛《かわい》くて仕方ないんだろうな)

村外れの交差点で車を停《と》め、信号待ちの間、ゴードンは薫の横顔に無遠慮《ぶえんりょ》な視線を這《は》わせた。

すっきりとした白い頬、形のいい鼻、切れ長の瞳《ひとみ》を縁取《ふちど》る長い睫毛《まつげ》。ワイシャツの襟《えり》から覗《のぞ》くほっそりとした首筋がやけになまめかしく、一日中見ていても飽《あ》きることがない。

(初めて見たときは、地味な高校生みたいだと思ったもんだが……)

アメリカ的な美の基準からすると、薫の容貌《ようぼう》は少々繊細《せんさい》すぎて頼《たよ》りないと言えるだろう。けれどその愛らしい唇はゴードンに怯《ひる》むことなく自分の意見を突《つ》きつけてくるし、優しげな瞳にはこちらが少々面食《めんく》らうほどの強い情熱を宿している。

ぴんと伸《の》びた背筋、きびきびした身のこなし、そしてときに、はっとするほど優雅《ゆうが》な仕草——いったいいつから、自分は薫から目が離《はな》せなくなってしまったのか。

信号が青に変わり、ゆっくりと車を発進させる。

降りしきる雨の中を運転しながら、ゴードンは頭の中でカレンダーをめくった。

薫を常に目で追っていることに気づいたのは、確か薫が就職して四ヶ月ほど経《た》った頃《ころ》だ。

それと前後して、当時つき合っていた女性——といっても割り切った関係でしかなかったが——それなりに刺激的《しげきてき》だった彼女との情事がにわかに色褪《いろあ》せ、やがて顔を合わせるのも億劫《おっくう》になってしまった。

当時のゴードンは、自分の中に芽生えた未知なる感情にひどくうろたえていた。

薫の華奢《きゃしゃ》な背中や細い腰《こし》を見るたびにむらむらし、デスクの上に押し倒《たお》して服を毟《むし》り取りたくなったことも、一度や二度ではない。

愛らしい唇が生意気な言葉を紡《つむ》ぐたびに自分の唇で塞《ふさ》いで黙らせたくなり、薄《うす》い胸板《むないた》をまさぐったらどんな反応を示すのか試《ため》したくてたまらなくなり……。

そして何より、狂《くる》おしいほどの独占欲《どくせんよく》に悩《なや》まされた。薫が他《ほか》の男と話しているのを見ただけで息が苦しくなり、薫の些細《ささい》な言動に一喜一憂《いっきいちゆう》する。誰《だれ》かに対してそんな感情を持ったことも初めてで、ゴードンは自分の気持ちを否定しようと必死でもがいていた。

同性の、しかも自分の部下に、恋愛《れんあい》めいた感情を持つなどありえない。そもそも自分は、本気で他人にのめり込むような純情なタイプではなかったはずだ。

しかし葛藤《かっとう》は長くは続かなかった。薫に対する想《おも》いは日に日に募《つの》り、もう否定できないところまで膨《ふく》れ上がってしまったのだ。

半年が過ぎた頃、ようやく自分が薫に特別な感情――これまで他人に抱《いだ》いたことのない感情を抱いていることを認め、彼女に関係の解消を申し出た。

幸い、別れ話はあっけないほど簡単にけりがついた。彼女のほうもとっくにゴードンの変化に気づいており、転勤を機に別れを告げるつもりだったらしい。

晴れてフリーの身となったものの、そこからが新たな苦難の始まりだった。

恋心《こいごころ》を自覚したのはいいが、何もかもが今までと違《ちが》いすぎる。

まず第一に、薫は同性だ。

今まで同性に惹《ひ》かれたことはなかったので、まさか自分がバイセクシャルだとは思いもしなかった。慌《あわ》ててネットで男同士の恋愛についての知識をかき集め、セックスの情報に飢《う》えたローティーンに逆戻《ぎゃくもど》りしたような心許《こころもと》なさを味わわされた。

さらに、薫は自分の部下だ。

ニューヨークの証券会社勤務時代、いや、それ以前の学生時代のアルバイトのときから、ゴードンは社内恋愛を徹底的《てっていてき》に避《さ》けてきた。職場に恋愛を持ち込むといろいろ面倒《めんどう》だし、セクハラで訴《うった》えられるリスクを考えると割に合わない。

自分は何ごとも冷静に損得を勘定《かんじょう》できるタイプだと思っていた。しかしひとたび恋に落ちれば、理性など木っ端微塵《ぱみじん》に砕《くだ》け散ってしまうものだと思い知らされた。

(薫を俺のものにする……どんな手を使っても)

ぎらついた目で、ゴードンは薫を盗《ぬす》み見た。

上司にそんな目で見られているとは露知《つゆし》らず、薫は憂いを含んだ瞳で窓の外を見つめている。

薫の感情表現はわかりにくいので確信は持てないが、少なくとも嫌《きら》われてはいないはずだ。

薫は、本当に苦手な相手に対しては無表情になり、無口になる。しょっちゅう憎《にく》まれ口を叩《たた》かれているということは親愛の情の裏返しに見えるし、ときどき自分を見つめる目が切なげに潤《うる》んでいる……ような気がする。

(まずはふたりきりになる機会を増やすことだな。こないだの見舞《みま》いみたいに)

先日、見舞いにかこつけて薫のアパートに押しかけた。思いがけず薫のコレクションを知ることができたし、プライベートに関する話題も弾《はず》んだ。

もっと薫のことを知りたいし、自分のことも知って欲しい。

(よし、決めた。今夜は薫をモーテルに連れ込む)

連れ込むといっても、不埒《ふらち》な真似《まね》をするつもりはない。

ふたりきりで過ごす時間を確保して、あわよくば多少のスキンシップを期待する程度なら、

はない。

　ちょうどいい具合に、霧《きり》も立ち込めてきた。これなら一泊《いっぱく》していこうと提案しても不自然で
はない。

「きみが落ち込んでいるように見えるのは、さっきのベビーキルトのせいか？」

　ごくさりげない調子で、ゴードンは薫に語りかけた。

　罰《ばち》も当たらないだろう。

（これは……思っていた以上に忍耐力《にんたい》が試されるな）

　月明かりの差し込む部屋で、ゴードンは腕《うで》を組んで眉間《みけん》に皺《しわ》を寄せた。

　隣《となり》のベッドでは、薫が小さな寝息《ねいき》を立てて眠《ねむ》っている。

　寝顔はいつもよりもあどけないが、シーツの上に仰向《あおむ》けに横たわった華奢な肢体《したい》は、いつも
以上に濃厚《のうこう》な色香《いろか》を漂《ただよ》わせている。

（まいったな……）

　前髪《まえがみ》をくしゃくしゃとかき上げながら、ゴードンは深いため息をついた。

　何度も思い描《えが》いた場面が、頭の中に鮮《あざ》やかによみがえる。

　この細い首筋にむしゃぶりつき、Tシャツを捲《まく》り上げて平らな胸を愛撫《あいぶ》し……。

（……いやいや、だめだ）

　頭を振《ふ》って、不埒な考えを追い払《はら》う。

――モーテル連れ込み計画は、思っていたよりもすんなりと成功した。

『いらっしゃいませ。お泊《と》まりですか？』

受付の中年女性は愛想《あいそ》がよく、今日は村で園芸愛好家のイベントがあったため予約で満室だったこと、しかしキャンセルが出たので二部屋空きがあることを、にこやかな笑顔とともにゴードンに告げた。

『二名だが、一部屋でいい』

『かしこまりました』

ゴードンが宿泊者名簿《しゅくはくしゃめいぼ》にサインしていると、ずぶ濡《ぬ》れの老夫婦《ふうふ》がオフィスに入ってきた。

『部屋はあるかな？』

『ええ、最後の一部屋が空いております』

『助かった。すぐ近くで、車が故障したんだ。今夜は森の中で一夜を明かす羽目になるかと思ったよ』

老夫婦が手を取り合って喜ぶ姿に、ゴードンも笑みを浮かべた。

薫には一部屋しか空いていなかったと嘘《うそ》をつくことになるが、そのおかげでこの老夫婦が暖かい部屋でゆっくりと休むことができるのだ。少々痛んでいた良心は、瞬《また》く間に元気いっぱいに回復した。

（もし馬鹿《ばか》正直に二部屋取っていたとしても、あの老夫婦に一部屋譲《ゆず》っただろうから、結局俺と薫は同じ部屋に泊まる運命だったたってことだ）

ゴードンとて、一応は薫を騙《だま》しているという罪悪感がある。

しかし薫を手に入れるためなら、どんな手も使うつもりだ——。

窓から忍《しの》び寄ってきた冷気に、ぶるっと背中を震《ふる》わせる。

ぼうっと突っ立って薫の寝顔に見とれていた自分に苦笑《くしよう》し、ゴードンは計画通り行動を起こすことにした。

（添《そ》い寝くらいなら、罰も当たるまい）

そっとブランケットを持ち上げて、薫の隣に滑《すべ》り込む。

ダブルベッドの片隅《かたすみ》に体を横たえたところで、薫が身じろぎする気配にぎくりとする。

起こしてはまずい。即刻《そっこく》ベッドから追い出されるだろうし、警戒心《けいかいしん》を抱いて以後こんなふうに隙《すき》を見せなくなるだろう。

しばし息を潜《ひそ》め、薫の様子を窺《うかが》う。

再び規則正しい寝息が聞こえてきて、ゴードンはほっと胸を撫《な》で下ろした。

ベッドのスプリングを軋《きし》ませないように注意しながら、少しずつ薫のほうへにじり寄る。熟《じゆく》睡《すい》していることを確認《かくにん》し、そっとブランケットの上から手をまわす。

「ん……」

細い眉《まゆ》がひそめられ……なんとも色っぽい表情で、薫が吐息《といき》を漏《も》らした。

華奢な体の感触《かんしよく》、シャンプーと、薫自身が漂わせるいい香《かお》り……体の奥からこみ上げてきた欲情《よくじよう》に、全身の血が熱く滾《たぎ》っていく。

（ちょっとだけ……いいよな？）

荒《あら》ぶる気持ちを抑《おさ》えながら、ゴードンは薫の体を背後から包み込むようにして抱《だ》き締《し》めた。

欲張《よくば》ってはいけないと思いつつ、可愛《かわい》らしい耳たぶにそっと唇《くちびる》を寄せる。

股間《こかん》の牡《おす》は既《すで》に硬《かた》く芯《しん》を持ち始めており、ゴードンは堪《こら》え性《しょう》のない己《おのれ》の体に心の中で悪態をついた。

（くそ……っ、シャワーを浴びたときに、一回抜《ぬ》いておけばよかった……）

ゴードンの意志を裏切って、牡の象徴《しょうちょう》はむくむくと頭をもたげていく。

薫に気づかれる前に、早くバスルームへ行って処理しなくてはならない。

そう考える一方で、頭の隅《すみ》に不埒な考えがよぎる。

――薫の意識があるときにこれを押しつけたら、薫はどんな反応をするだろう。

そんなことをしたらセクハラ以外の何ものでもないが、ゴードンは必死で頭を回転させた。

男には、朝の生理現象というものがある。興奮して勃起《ぼっき》したのではなく、あくまでただの朝勃《だ》ちだと主張すれば、いけるのではないか……。

（だとしても、このままじゃまずいな）

薫を起こさないように、ゴードンはそっとベッドから抜け出した。

己の分身がパジャマのズボンを突《つ》き上げるさまに顔をしかめ、足音を忍ばせてバスルームへ向かう。

――十分後。

後ろめたさと情けなさと居たたまれなさをミックスした感情を抱《かか》えて、ゴードンはバスルームのドアを開けた。

（まったく、俺の苦労も知らないで……）

すやすやと幸せそうな顔で眠る薫を見下ろして、苦笑する。

薫のことが、愛《いと》おしくてたまらない。

だから決して傷つけるような真似《まね》はしたくないし、嫌われないように細心の注意を払わなくてはならない。

手に入れるにはまだまだ時間がかかりそうだが、自分でも意外なことに、ゴードンはこの状《じょう》況《きょう》を愉《たの》しんでいた。

三十二年間の人生で、こんなことは初めてだ。ゆっくり愛を育《はぐく》むなんて、まどろっこしいだけだと思っていたのに……。

体をくっつけたらまた勃起してしまいそうなので、少し間を開けて、薫の隣に横たわる。

（このすれっからしの三十男を思春期の少年みたいな気分にさせるのは、ほんとにきみだけだ……）

心の中で語りかけつつ、ゴードンはそっと薫の頬《ほお》に唇を寄せた。